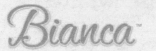

Bianca

3 1489 00619 3369

D0595652

Princesa pobre, hombre rico
Robyn Donald

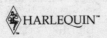

HARLEQUIN

Editado por HARLEQUIN IBÉRICA, S.A.
Núñez de Balboa, 56
28001 Madrid

© 2010 Robyn Donald. Todos los derechos reservados.
PRINCESA POBRE, HOMBRE RICO, N.º 2072 - 27.4.11
Título original: Brooding Billionaire, Improverished Princess
Publicada originalmente por Mills & Boon®, Ltd., Londres.

Todos los derechos están reservados incluidos los de reproducción,
total o parcial. Esta edición ha sido publicada con permiso de
Harlequin Enterprises II BV.
Todos los personajes de este libro son ficticios. Cualquier parecido
con alguna persona, viva o muerta, es pura coincidencia.
® Harlequin, logotipo Harlequin y Bianca son marcas registradas
por Harlequin Books S.A.
® y ™ son marcas registradas por Harlequin Enterprises Limited y
sus filiales, utilizadas con licencia. Las marcas que lleven ® están
registradas en la Oficina Española de Patentes y Marcas y en otros
países.

I.S.B.N.: 978-84-671-9966-6
Depósito legal: B-7359-2011
Editor responsable: Luis Pugni
Preimpresión y fotomecánica: M.T. Color & Diseño, S.L.
C/ Colquide, 6 portal 2 - 3º H. 28230 Las Rozas (Madrid)
Impresión en Black print CPI (Barcelona)
Fecha impresion para Argentina: 24.10.11
Distribuidor exclusivo para España: LOGISTA
Distribuidor para México: CODIPLYRSA
Distribuidores para Argentina: interior, BERTRAN, S.A.C. Vélez
Sársfield, 1950. Cap. Fed./ Buenos Aires y Gran Buenos Aires,
VACCARO SÁNCHEZ y Cía, S.A.
Distribuidor para Chile: DISTRIBUIDORA ALFA, S.A.

Capítulo 1

ALEX Matthews, en el salón de baile del palacio, miró alrededor. La orquesta estaba tocando una canción popular de Carathia, una melodía a tiempo de vals que era la señal para que los invitados se uniesen al baile. El resultado fue un revoloteo de vestidos de todos los colores y magníficas joyas.

Las angulosas facciones de Alex se suavizaron un poco al ver a la novia. Su hermanastra era más bella que cualquier diamante, su expresión de felicidad haciendo que se sintiera como un extraño. Más joven que él, Rosie era hija de la segunda mujer de su padre y, aunque se habían hecho amigos durante esos años, nunca había tenido una relación muy estrecha con ella.

Alex miró entonces a su cuñado, el gran duque de Carathia. Gerd no era un hombre dado a mostrar sus emociones en público y Alex parpadeó, sorprendido, al ver su expresión mientras miraba a su flamante esposa. Era como si estuvieran solos en el salón de baile, como si no hubiera nadie más.

Y esa mirada produjo en él una emoción extraña.

¿Envidia? No.

Sexo y afecto eran conceptos que entendía, respeto y simpatía también. Pero el amor era una emoción desconocida para él.

Probablemente siempre lo sería. Experimentar una emoción tan profunda no era parte de su carácter y como romper corazones no era algo que disfrutase, una lección que había aprendido en su juventud, ahora sólo elegía amantes que lo aceptasen por lo que era.

Pero, aunque no podía imaginarse a sí mismo experimentando tal emoción, se alegraba mucho por Rosie. Gerd y él eran primos lejanos, pero habían crecido como hermanos y si alguien merecía el amor de Rosie, ése era Gerd.

Las parejas empezaron a bailar alrededor de los novios, dejando un espacio en el centro de la pista.

—¿Piensas quedarte aquí, sin bailar? —le preguntó un hombre, a su lado.

—No, tengo prometido este baile —Alex miró alrededor, buscando a una mujer en concreto.

Elegante y sereno, el bello rostro de la princesa Serina no revelaba nada. Pero hasta que Rosie y Gerd anunciaron su compromiso, la mayoría de la gente en el reducido círculo de la aristocracia había creído que ella sería la nueva gran duquesa de Carathia.

Sin embargo, si Serina de Montevel estaba dolida, se negaba a darle a nadie la satisfacción de verlo en su rostro. Y Alex la admiraba por ello.

Durante los últimos días había escuchado muchos comentarios, algunos compasivos pero la mayoría de gente que buscaba algún drama, la posibilidad de verla con el corazón roto.

Pero la princesa no necesitaba su protección. Su armadura de buenas maneras, sofisticación y seguridad dejaba bien claro que podía defenderse sola.

La había conocido un año antes, durante la coronación de Gerd. Se la había presentado un viejo aristócrata español, dándole todos sus nombres y apellidos... y Alex había visto un brillo de burla en los asombrosos ojos color violeta de la princesa.

Y cuando protestó por la imposibilidad de recordarlos todos, ella sonrió.

—Si existieran las mismas convenciones en Nueva Zelanda, también ustedes tendrían una larga colección de apellidos. No son más que una especie de árbol genealógico.

Tal vez lo había dicho en serio pero ahora, después de saber la verdad sobre su hermano, Alex no estaba tan seguro. Doran de Montevel sabía muy bien que esos apellidos eran parte de la historia de Europa y se aprovechaba de ello.

¿Sabría la princesa en qué enredo se había metido su hermano?

De ser así no había hecho nada al respecto, de modo que quizá también ella quería volver a Montevel para ser una verdadera princesa en lugar de limitarse a llevar un título heredado de su depuesto padre.

Y Alex necesitaba descubrir qué era lo que sabía, de modo que se acercó.

Serina lo vio llegar y, de inmediato, esbozó una amable sonrisa. El color violeta de su vestido, que hacía juego con el de sus ojos, destacaba una cintura estrecha y unas curvas que despertaban algo elemental y fiero dentro de él, un deseo de descubrir qué había bajo aquella preciosa fachada, a retarla a un nivel primitivo, de hombre a mujer.

—Hola, Alex. Ésta es una ocasión feliz para todos nosotros.

—Sí, desde luego —dijo él.

—Nunca había visto una novia tan feliz y Gerd está... casi transfigurado.

Alex admiraba su habilidad para disimular que tenía el corazón roto. Si tenía el corazón roto.

—Desde luego que sí. Y éste es mi baile, creo.

Sin dejar de sonreír, Serina puso una mano en su brazo para dejar que la llevase a la pista de baile y Alex recordó una frase de su infancia: «Blanca como la nieve, roja como la sangre, negra como el ébano». Era de *Blancanieves*.

Sí, Serina también era una perfecta princesa de nieve.

Tan exquisita como la princesa de un cuento de hadas, irradiaba gracia, belleza y elegancia. Su cabello oscuro, adornado con una diadema, contrastaba con la palidez de su piel. Tenía unas facciones clásicas, pero sus labios no eran rojos, sino pintados en un discreto tono coral. El rojo hubiera sido demasiado llamativo, demasiado provocativo para una princesa.

Pero eran unos labios muy tentadores...

Un instinto tan viejo como el tiempo despertó a la vida en Alex. Había deseado a Serina Montevel desde que la vio por primera vez, pero como también él se preguntaba si su corazón se habría roto al conocer el compromiso de Gerd, no había hecho nada para llamar su atención. Sin embargo, había pasado un año, tiempo suficiente para curar un dolido corazón.

O eso esperaba.

Serina levantó la mirada hacia su acompañante y se quedó sin aliento durante un segundo. Alto, moreno y arrogantemente atractivo, Alex Matthews ejercía un extraño efecto en ella.

–Es una tradición muy bonita –murmuró, señalando a los novios.

Ni Rosie ni Gerd sonreían. Se miraban a los ojos como si estuvieran solos, absortos el uno en el otro, tanto que Serina sintió un punzada de pesar.

No, no de pesar, tal vez de cierta envidia.

Un año antes había decidido dejarle claro a Gerd, sin ser tan grosera como para decirlo con palabras, que no tenía intención de convertirse en la gran duquesa de Carathia. Lo admiraba mucho y tal unión habría resuelto todos sus problemas, pero ella quería algo más que un matrimonio de conveniencia.

Y, al final, había sido lo mejor para todos porque poco después Gerd había empezado una relación con Rosie, una joven a la que conocía desde niña, y por la que había perdido el corazón.

¿Cómo sería sentir eso?, se preguntó. ¿Cómo sería

amarse tan ardientemente que incluso en público uno era incapaz de contener sus emociones?

–Hacen buena pareja.

La enigmática mirada de Alex, tan acerada como un sable, hizo que se sintiera ligeramente acalorada. Qué tontería había dicho, pensó. Por supuesto que hacían buena pareja. Acababan de casarse y estaban locos el uno por el otro. Por el momento, al menos.

Había leído en algún sitio que la pasión duraba dos años, de modo que tal vez Gerd y Rosie disfrutarían de otro año de amor incandescente antes de que la pasión empezase a desaparecer.

–Muy perceptiva –bromeó Alex–. Sí, hacen buena pareja.

Serina apoyó una mano en su hombro y él tomó la otra mientras se unían al resto de las parejas para bailar el vals. Pero estaba tan nerviosa que tropezó después de dar el primer paso...

Alex la sujetó por la cintura.

–Relájate, no pasa nada.

El cálido aliento masculino hizo que sintiera un escalofrío y, sorprendida por tal reacción, Serina se apartó un poco.

Le había ocurrido antes, la primera vez que se vieron. Era como una descarga de adrenalina, como si estuviera enfrentándose a un peligro.

¿Sentiría él lo mismo?

Cuando se arriesgó a mirarlo, con el corazón latiendo como loco dentro de su pecho, notó que también Alex parecía turbado.

–Lo siento, estaba distraída. Ha sido una de las bodas más bonitas que he visto nunca –empezó a decir a toda prisa–. Rosie es muy feliz y es sorprendente ver a Gerd tan emocionado.

–Sin embargo, tú pareces un poco disgustada. ¿Te preocupa algo?

Sí, varias cosas, de hecho. Sobre todo una en particular.

Pero Alex no se refería a su hermano. Seguramente había notado que la gente la miraba en el baile, algunos con compasión, otros de forma maliciosa.

–Para ella debe de ser un mal trago –había oído que decía una duquesa francesa.

–Su hermano estará furioso –replicó su acompañante, riendo–. Ahora que no ha conseguido al gran duque ya no tienen ninguna posibilidad de salir de la pobreza. Y que se haya casado con una chica sin título nobiliario debe de ser muy duro para ellos.

No todo el mundo era tan malvado, pero Serina había notado que muchas conversaciones terminaban abruptamente en cuanto ella se acercaba.

Que pensaran lo que quisieran, se dijo a sí misma, mientras miraba a Alex de nuevo.

–No me pasa nada, estoy bien.

–Habrás notado que mucha gente se pregunta si lamentas haber perdido una oportunidad con Gerd.

Ah, por fin se había atrevido a decirlo. Serina echó la cabeza hacia atrás para mirarlo a los ojos, rezando para que no notase lo angustiada que estaba.

–Imagino que lo lamento tanto como Gerd. Es decir, nada.

–¿Ah, sí?

–Desde luego.

–Me alegro.

Serina lo miró, interrogante. Estaba flirteando con ella, era evidente. Y tenía intención de responder.

Pero primero tenía que saber algo.

–Me sorprende que estés solo este fin de semana.

Su última amante conocida había sido una heredera griega bellísima, recientemente divorciada. Según los rumores, Alex era el causante del divorcio, pero Serina no podía creerlo. Alex Matthews tenía fama de hombre íntegro y le parecería extraño que hubiera comprometido esa integridad por una aventura pasajera.

Claro que ella no sabía mucho sobre Alex. Nada en realidad salvo que había usado su formidable inteligencia y su ambición para levantar un imperio económico.

Además, su aventura con la heredera griega podría ser algo serio.

–¿Por qué te sorprende? –preguntó él–. No tengo pareja ni estoy comprometido.

«Yo tampoco» hubiera sido una invitación muy descarada, de modo que Serina se contentó con asentir con la cabeza mientras seguían bailando.

Alex era un excelente bailarín y se movía con la gracia de un atleta. Y el elegante esmoquin no podía disimular lo formidable del cuerpo que había debajo.

–¿Y qué planes tienes ahora? –le preguntó Alex.

–No lo sé.

–¿Eres feliz acudiendo a fiestas y eventos sociales?

–No, en realidad estaba pensando volver a la universidad.

Él la miró, sorprendido.

–Creí que eras la musa de Rassel.

–Hemos decidido que necesita una musa nueva –dijo ella entonces.

Ser la musa del diseñador francés había sido estimulante y divertido, pero, aunque perder el generoso salario era un duro golpe, en realidad también había sido un alivio cuando Rassel decidió que necesitaba alguien más moderno, más acorde con el nuevo estilo de sus colecciones.

Y Serina no se hacía ilusiones. Rassel la había elegido a ella porque le podía presentar a la gente adecuada, asegurándole la entrada en determinados círculos. El hecho de que fotografiase bien y tuviera un cuerpo perfecto para la ropa que diseñaba había ayudado a tomar esa decisión, pero siempre había sido una relación problemática. Aunque Rassel se refería a ella como su musa, esperaba que se comportase como una modelo y le costaba mucho aceptar sus sugerencias. Y ahora que tenía un nombre, ya no la necesitaba.

Y ella no necesitaba su monstruoso ego o sus inseguridades.

–¿Qué piensas estudiar?

–Paisajismo.

Estaba deseando empezar. Había recibido una pequeña herencia de su abuelo, el último rey de Montevel, y con ese dinero y el que ganaba gracias a su columna semanal sobre jardinería en una conocida revista tendría suficiente para que Doran terminase sus estudios y para pagar la matrícula y el alquiler del apartamento.

–Ah, debería haberlo imaginado –Alex sonrió–. ¿Seguirás escribiendo esa columna en la revista?

–Sí, espero que sí. Se arriesgaron conmigo y yo siempre he hecho todo lo posible para darles lo que esperaban.

¿Por qué estaba justificándose ante aquel hombre? Serina intentó ignorar un extraño cosquilleo en el estómago cuando lo miró a los ojos.

–¿Por qué paisajismo?

–Aparte de admirar la belleza de los parques y jardines, respeto las imposibles ambiciones de los jardineros, su deseo de crear algo perfecto, ideal, de volver al paraíso. Y creo que lo haría bien, además.

–Con tu título y tu caché, seguro que lo conseguirás.

El comentario, hecho de manera despreocupada, le dolió. Especialmente porque sabía que había un elemento de verdad en él.

–Imagino que me ayudará, pero para tener éxito hace falta algo más que eso.

–¿Y crees que tienes lo que hace falta?

–Sé que lo tengo –respondió ella.

Alex levantó su mano para inspeccionarla.

–Una piel perfecta –dijo, irónico–. Ni un arañazo, ni una mancha. Unas uñas inmaculadas. Seguro que nunca te las has ensuciado.

Serina esbozó una sonrisa.

–¿Quieres apostar algo?

La risa de Alex rompió unas defensas ya debilitadas por el roce de su cuerpo mientras bailaban.

–No, mejor no. ¿Tenías un jardín de niña?

–Sí, claro. Mi madre creía que la jardinería era buena para los niños.

–Ah, claro, había olvidado que el jardín de tus padres en la Riviera era famoso por su belleza.

–Sí, lo era –asintió ella. Trabajar en el jardín había consolado a su madre cuando las aventuras de su marido aparecían en los periódicos.

Pero la propiedad había sido vendida tras la muerte de sus padres. Había desaparecido, como todo lo demás, para pagar las deudas.

La música terminó entonces y Alex la miró a los ojos con expresión de desafío.

–Deberías venir a Nueva Zelanda. Hay unas plantas fascinantes, un paisaje soberbio y algunos de los mejores jardines del mundo.

–Eso me han dicho. Tal vez algún día.

–Yo vuelvo mañana. ¿Por qué no vienes conmigo?

Serina lo miró, sorprendida. ¿Cómo se le ocurría sugerir algo así? Sin embargo, tuvo que resistir el absurdo deseo de aceptar su oferta.

«Haz la maleta y márchate», le decía una vocecita. Pero no podía hacerlo.

–Gracias, pero no. No podría marcharme así, de repente, por mucho que quisiera.

–¿Hay algo que te retenga en este lado del mundo? ¿Alguna ocasión que no quieras perderte? ¿Un amante quizá? –le preguntó Alex.

Serina notó que le ardían las mejillas. ¿Un amante? No había tal hombre en su vida... nunca lo había habido.

–No, nada de eso. Pero no puedo desaparecer.

–¿Por qué no? Haruru, mi propiedad en Northland, está en la costa y, si te interesa la flora, hay una gran cantidad y variedad. En Northland, los botánicos siguen descubriendo nuevas especies.

Sonreía con tal simpatía que, por un momento, Serina se olvidó de todo salvo del deseo absurdo de ir con él.

Su apartamento en Niza era pequeño, sin aire acondicionado y las calles estaban llenas de turistas. Sin embargo, las fotografías que había visto de Nueva Zelanda mostraban un país verde, exuberante, misterioso y lleno de bosques.

Pero era imposible.

–Suena estupendo, pero yo no hago las cosas por impulso.

–Tal vez deberías hacerlas. Y puedes llevar a tu hermano si quieres.

Si pudiera... la tentación era muy fuerte.

Un viaje a Nueva Zelanda podría apartar a Doran

de ese estúpido juego de ordenador que sus amigos y él estaban diseñando. Dado a violentos entusiasmos, su hermano solía perder interés en todo tarde o temprano, pero su fascinación con aquel juego empezaba a parecerle una preocupante adicción. Serina apenas lo había visto en los últimos meses y unas vacaciones podrían sentarle bien.

Además, sería una manera de escapar de las miraditas de la gente y de la grosería de los paparazzi, que *exigían* saber lo que sentía ahora que su corazón estaba supuestamente roto por la boda de Gerd.

Si iba a Nueva Zelanda con Alex Matthews, todo el mundo pensaría que eran amantes. ¡Y cómo le gustaría restregarles por la cara esa supuesta aventura a ciertas personas!

Durante un segundo estuvo a punto de aceptar, pero enseguida recuperó el sentido común. ¿Cómo iba a demostrar eso que no tenía el corazón roto?

No, los periodistas dirían que estaba consolándose con Alex y, por lo tanto, confirmando sus sospechas.

—Muchas gracias, de verdad, pero no puedo permitirme unas vacaciones ahora mismo.

Alex se encogió de hombros.

—Comparto un jet con Kelt y Gerd, de modo que el avión no sería un problema. Y tengo una cita en Madrid dentro de un mes, así que podría dejarte en Niza de camino —insistió, sin dejar de mirarla a los ojos—. ¿O es que tienes miedo?

—¿Por qué iba a tener miedo?

Aprensión, quizá. Se le encogía el estómago cada

vez que la miraba así. Alex Matthews era un hombre impresionante, pero Doran...

Serina miró a su hermano, que reía con un grupo de jóvenes, uno de los cuales era hijo de un antiguo socio de su padre, otro exiliado de Montevel. Había sido Janke quien inició a Doran en la emoción de los juegos de ordenador y juntos habían desarrollado la idea de uno que, según ellos, los haría ganar una fortuna.

Sería un éxito, le había dicho su hermano, entusiasmado, haciéndole jurar que no le contaría nada a nadie por miedo a que les robasen la idea.

—No tienes nada que temer —siguió Alex, devolviéndola al presente.

—Lo sé —dijo ella.

—Y el alojamiento tampoco será un problema. Vivo en una enorme casa de estilo victoriano con tantos dormitorios que ni puedo contarlos. Además de preciosa, Northland es una zona muy interesante, el primer sitio en el que los maoríes y los europeos empezaron a mezclarse.

—No, lo siento. Eres muy amable, pero no puedo —insistió Serina.

—¿Por qué no le preguntas a tu hermano qué le parece?

Doran se negaría, estaba segura.

—Muy bien, lo haré.

Su hermano se acercaba a ellos en ese momento, delgado y atlético a pesar de llevar seis meses pegado a la pantalla de un ordenador.

Y cuando Alex mencionó la idea de ir a Nueva Zelanda, Doran respondió con su habitual entusiasmo:

–¡Pues claro que debes ir, Serina!

–La invitación es para ti también –dijo Alex.

–Ojalá pudiese ir, pero... bueno, tú ya sabes lo que pasa –el chico se encogió de hombros–. Tengo muchos compromisos.

–Y yo tengo entendido que te interesa el submarinismo.

–Sí, mucho.

–Pues en Nueva Zelanda hay sitios estupendos para hacerlo. Unos amigos míos van a Vanuatu, en el Pacífico, para bucear en los arrecifes de coral. Si estás interesado, seguro que te harían un sitio en el barco.

La expresión emocionada de Doran era casi cómica.

–Me encantaría...

–Me han dicho que van a ver unos barcos hundidos durante la II Guerra Mundial –lo tentó Alex.

–¿Y no hay que ser un buceador experto para bajar a tanta profundidad? –preguntó Serina.

–¿Qué experiencia tienes, Doran?

El chico le dio todo tipo de información y, cuando terminó, Alex asintió con la cabeza.

–Yo creo que sí podrías hacerlo. Además, mis amigos son buceadores expertos y gente muy responsable.

Cuando mencionó el nombre de una familia famosa por sus exploraciones en el mar, grabadas para la televisión, Doran prácticamente se puso a dar saltos de alegría.

–¡Yo soy un buceador muy cauto! Tú lo sabes, Serina.

Ella parpadeó, desconcertada.

–Sí, claro. Pero tendría que ir a Vanuatu y no podemos esperar que esa gente se haga cargo de él...

–Doran no será una molestia –la interrumpió Alex–. Además, tu hermano podría hacer algo en el barco para pagarse el pasaje.

–Eso me encantaría –dijo Doran.

–No sé qué decir –murmuró Serina.

–Me voy mañana por la mañana –anunció Alex–. Si decidís venir conmigo, llamadme al móvil. Y ahora, si me perdonáis, voy a preguntarle a Gerd si necesita algo.

Capítulo 2

CASI sin esperar a que Alex se alejase, Doran le espetó con tono desafiante:

—Serina, no seas tan aguafiestas. Soy un adulto y bucear en Vanuatu sería fantástico. Y como has dejado que Gerd se te escapase de las manos, seguramente ésta será la única oportunidad que tenga de ir a Nueva Zelanda.

—Pensé que ibas a ganar una fortuna con ese juego de ordenador —replicó ella, irónica.

Pero enseguida se arrepintió. Su hermano la quería mucho y ella lo sabía. Pero era tan joven...

—Sí, bueno, perdóname —se disculpó Doran—. Lo siento, pero...

—Además, le has dicho a Alex que no podías ir.

—Pero es una oportunidad que no puedo perderme. Bucear en Vanuatu es un sueño para cualquiera que le guste el mar.

—En ese caso, serías tonto si no aceptaras la oferta de Alex.

—Y tú también.

Aparentemente, Doran rechazaría la oportunidad

si lo hacía ella y, rindiéndose, Serina se encogió de hombros.

—Muy bien, de acuerdo. Siempre he querido conocer Nueva Zelanda y sería una oportunidad estupenda para escribir algo nuevo en mi columna.

—Serina, relájate un poco. Olvídate de la columna y de que eres mi hermana mayor y pásalo bien. Dale a Alex Matthews la oportunidad de demostrarte lo fácil que puede ser la vida cuando uno no intenta ser un modelo de comportamiento para nadie.

El comentario le dolió, pero intentó sonreír.

—Sí, tal vez lo haga.

Mientras veía alejarse a su hermano se preguntó por qué no se alegraba de que, gracias a Alex, todo estuviera en su sitio.

Sin embargo, no podía dejar de recordar el último comentario de Doran.

¿Pasarlo bien con Alex Matthews?

Lo vio entonces charlando con la pareja de novios y, sin darse cuenta, lo observó detenidamente: sus facciones, el cuerpo fibroso bajo el esmoquin, el formidable impacto de su presencia.

De repente, su pulso se había acelerado y no sabía por qué. Alex la impresionaba demasiado y eso podía ser peligroso.

Claro que cuando se conocieran mejor podría no gustarle tanto...

Serina intentó llevar aire a sus pulmones. Le gustase o no, cada vez que veía a Alex Matthews, o incluso cuando pensaba en él, sentía un cosquilleo extraño, una mezcla de miedo y emoción, como si sus hormonas se volvieran locas.

Y si iba con él a Nueva Zelanda sospechaba que sería aún más vulnerable. ¿Podría controlar aquella alocada respuesta y volver de allí sin que hubiese ocurrido nada?

Sonaba ridículamente victoriano, como la mansión en la que vivía Alex. Pero no tenía por qué ir. Doran quería hacerlo, pero ella podría rechazar la invitación...

Y pasar el resto de su vida preguntándose por qué había sido tan cobarde.

Intentando serenarse, se dedicó a saludar a sus conocidos pero al final de la noche se encontró con alguien a quien había evitado durante toda la fiesta. Magníficamente vestida, la mujer, de cierta edad, seguía siendo bellísima.

Tan bella como para enamorar a su padre.

Al recordar la angustia de su madre por esa aventura, Serina tuvo que hacer un esfuerzo para disimular su disgusto.

—Querida, éste debe de ser un momento muy difícil para ti. Admiro que hayas sido tan valiente como para venir —le dijo, con un odioso gesto de compasión.

—Te aseguro que no me ha hecho falta ninguna valentía —replicó Serina.

La mujer suspiró.

—Ah, qué noble. Te pareces a tu querido padre, que se agarraba a su orgullo aristocrático incluso cuando lo había perdido todo. Yo admiraba su espíritu en vista de tal tragedia y deseaba que hubiera sido recompensando.

La enfureció tanto que se atreviese a hablar de su padre que, sin confiar en su voz, Serina se limitó a levantar las cejas.

–Y en cuanto a ti –siguió la mujer–, espero que el dolor del rechazo pase pronto. Un corazón roto es... –no terminó la frase, mirando por encima del hombro de Serina–. Ah, señor Matthews, qué alegría verlo –dijo entonces, su tono imbuido de sensualidad.

–Lo mismo digo –la saludó Alex.

–Estaba diciéndole a la princesa que no vale la pena llorar por un amor perdido, pero veo que no tengo que aburrirla con eso. Evidentemente, ha dejado el pasado atrás para mirar hacia el futuro.

–Es muy amable por su parte interesarse por mi vida –dijo Serina entonces.

¿Como se atrevía a insinuar que tenía una aventura con Alex?

–Discúlpenos, señora –dijo él entonces–. El gran duque y la gran duquesa desean hablar con la princesa antes de marcharse.

Mientras se alejaban, Serina dijo entre dientes:

–No tenías que rescatarme, puedo arreglármelas sola.

–No tengo la menor duda, pero no me gustan los buitres. Ensucian el ambiente.

–Es una mujer horrible, pero eso es demasiado fuerte.

–Y tú eres demasiado amable.

Serina sonrió.

–Ah, me gusta esa sonrisa –dijo Alex–. Deberías sonreír más a menudo.

–No sonrío a petición del público –replicó ella, molesta.

–Cuidado, Alteza, se te está cayendo la máscara.

–¿Qué máscara?

–La que llevas todo el tiempo, la máscara de perfecta princesa que esconde a la persona que hay detrás –respondió él, con una insolencia intolerable.

¿Así era como la veía, como alguien escondido tras una máscara?

–Ya no soy una princesa de verdad. Montevel es una república ahora, de modo que es un título sin sentido. E imagino que sabrás que nadie es perfecto.

–¿Entonces qué hay detrás de ese rostro tan increíblemente hermoso, de esa postura elegante y refinada?

–Una persona normal –respondió ella.

Una persona muy normal, enfadada por la conversación con la antigua amante de su padre y secretamente emocionada por los cumplidos de Alex.

Afortunadamente, habían llegado al lado de Gerd y Rosie.

–Por favor, decidle a Serina que le encantaría Nueva Zelanda. No sé si la he convencido de que merece la pena ir al otro lado del mundo para verlo.

La gran duquesa sonrió.

–Pues claro que te gustará. Ningún país puede compararse con Nueva Zelanda... aparte de Carathia, claro. Y Northland es una maravilla.

–Todo el mundo dice que es maravilloso.

–Y Haruru es mágico –siguió Rosie–. Enorme, verde y con playas tan bonitas como las del Mediterráneo.

–Gerd, tal vez tú podrías asegurarle a la princesa que conmigo estaría a salvo –dijo Alex entonces.

Avergonzada por su descaro, Serina lo fulminó con la mirada.

–Eso ya lo sé.

Gerd levantó las cejas y los dos hombres intercambiaron una mirada. Aunque Alex y el gran duque no se parecían mucho, en ese momento el parecido entre los dos era mayor que las diferencias.

–Puedes confiar en Alex –dijo Gerd.

–Por supuesto que sí –afirmó Rosie–. Incluso cuando se pone insoportable... no, sobre todo cuando se pone insoportable es un hombre de palabra.

–Estoy segura de que lo es –Serina intentó sonreír, incómoda–. Pero es que no estoy acostumbrada a tomar decisiones así, de repente.

Siguieron charlando durante unos minutos y, después de desearles felicidad, Alex la tomó del brazo.

–¿Entonces vendrás a Nueva Zelanda conmigo?

–Sí –contestó ella, tomando la decisión de repente.

Los ojos de color lapislázuli sostuvieron los suyos durante un momento.

–Lo pasarás bien –le prometió Alex–. Y piensa en

las columnas que podrás escribir desde allí para tu revista. Nos iremos mañana, a las diez.

A Serina le temblaban los dedos mientras se abrochaba el cinturón de seguridad. Los cosméticos escondían las ojeras de no haber pegado ojo en toda la noche, pero nada podía evitar la angustia que sentía en el estómago.

La noche anterior, después de su encuentro con la antigua amante de su padre, había sido fácil mostrarse desafiante. Pero cuando el baile terminó y Rosie y Gerd salieron bajo una lluvia de pétalos de rosa, había vuelto a su habitación preguntándose por qué había dejado que su desagrado por esa mujer la obligase a tomar una decisión que podía lamentar.

Y había habido un par de sorpresas por la mañana. La primera, cuando Alex le dijo que Doran se había ido a Vanuatu esa misma noche.

—¿Pero cómo...? ¿Por qué? —exclamó, mientras el coche los llevaba al aeropuerto.

—Mi amigo me dijo que estaban a punto de irse a Vanuatu, así que le pedí a Doran que organizase el viaje lo antes posible.

Serina lo miró con una mezcla de sorpresa e indignación. Doran siempre había dependido de ella para organizar cualquier viaje... ¿y quién había pagado el billete de avión?

Como si hubiera leído sus pensamientos, Alex dijo entonces:

–No te preocupes por el dinero. Doran y yo lo hemos solucionado entre nosotros.

–¿Cómo?

–Va a pasar las vacaciones trabajando para mí.

–¿Trabajando para ti? –repitió Serina, con una mezcla de sorpresa y alivio. Si Doran trabajaba para Alex, no tendría tiempo de sentarse frente al ordenador para soñar que se hacía rico con un juego.

–En una organización como la mía siempre hay cosas que hacer.

Serina lo miró, sorprendida.

–¿Por qué quieres ayudarlo, Alex?

–Estaba desesperado por ir a Vanuatu y me pareció la mejor forma de hacerlo –contestó él, encogiéndose de hombros.

–Es muy amable por tu parte.

–Yo no soy particularmente amable, pero no me gusta hacer una oferta para luego tener que retractarme. De esta forma, Doran tendrá las vacaciones que quería y también podrá ver algo del mundo. En cuanto a trabajar para mí, imagino que tendrá que ganarse la vida de alguna manera.

–Sí, claro.

–Y esa experiencia le dará una idea de cómo funciona el mundo empresarial.

Serina apenas había digerido aquella información cuando descubrió que el hermano de Gerd, Kelt, y su familia no iban a viajar con ellos.

–Pensé que irían con nosotros.

–Ellos van a Moraze para pasar unos días con sus suegros.

Había visto a Alex con los hijos de su primo, sorprendida y emocionada por la alegría que demostraban estando con él. Y su evidente afecto por ellos mostraba que Alex Matthews tenía un lado cariñoso.

De modo que estarían solos, o tan solos como podían estarlo en un avión con más tripulación que pasajeros.

Y, sin embargo, sentía una emoción extraña. Ella, Serina de Montevel, que nunca había hecho nada arriesgado en su vida, se iba al otro lado del mundo con un hombre al que encontraba increíblemente atractivo.

Y «atractivo» era decir poco. Una mujer sensata habría rechazado la invitación.

Pero se alegraba de no haber sido sensata por primera vez en su vida.

–¿Te da miedo viajar en avión?

–No, no, es que todo esto es nuevo para mí. Nunca había estado en un jet privado.

–¿Ah, no? Eso me sorprende.

–¿Por qué?

Alex se echó hacia atrás en el asiento, mirándola con expresión enigmática.

–Tenía la impresión de que pasabas mucho tiempo con el circuito de la jet set y ellos se mueven en jet privado.

–Yo nunca he salido de Europa. ¿El jet lag es tan malo como dicen?

–Para algunas personas, sí. A mí no me molesta.

–Ah, un hombre de hierro –bromeó Serina.

La sonrisa de Alex fue tan inesperada, tan cálida, que tuvo que tragar saliva.

–¿Ha sonado presuntuoso? La verdad es que tengo suerte, pero tomo precauciones.

–¿Por ejemplo?

–Siempre pongo el reloj a la hora del país de destino –bromeó Alex–. Hay que adelantarlo nueve horas.

Serina miró el reloj, de una marca clásica y nada ostentosa pero muy elegante.

–No creo que eso sirva de mucho.

–Si puedes dormir un rato después de comer, te habrás acostumbrado a la hora de Auckland.

Dormir no sería difícil porque había pasado la noche mirando al techo de su habitación, preguntándose por qué había aceptado ir a Nueva Zelanda. Y qué esperaría él.

Nada, se dijo a sí misma. Sólo iba para conocer el país y por insistencia de Alex. Era la invitada del primo de Gerd y, además, él no parecía interesado en que fuera otra cosa.

–Rosie dice que ella bebe litros de agua e intenta caminar por el avión para que no se le duerman las piernas.

Aunque ni beber litros de agua ni ir caminando hasta Nueva Zelanda podría aminorar el ritmo de su corazón o evitar que fuera tan consciente del cuerpo de Alex a su lado, como si estuviera inhalando su esencia cada vez que respiraba.

–No tomar alcohol o cafeína también ayuda –dijo él.

–Eso no será un problema.

Pero cuando los motores empezaron a rugir y el avión tomó velocidad para despegar, Serina decidió que necesitaba algo fuerte. Con la boca seca, miró las montañas de Carathia mientras el jet tomaba altura.

Nunca en su vida se había portado de manera tan impetuosa. Nunca. No recordaba cuándo había decidido que la mejor manera de vivir era siendo discreta y sensata... tal vez había nacido siendo cauta.

O tal vez haber sido la confidente de su madre en la interminable saga de aventuras y disgustos con su padre la había hecho así. Años atrás juró que ella nunca sufriría de ese modo y, por el momento, ningún hombre había puesto a prueba esa decisión.

Sin embargo, la comparación de Alex con una muñeca había sido el empujón final, lo que hizo que decidiera soltarse el pelo, por así decir, y dar un paso hacia lo desconocido.

Cuando Alex le sonrió, el corazón de Serina dio un salto dentro de su pecho. En realidad, estaba disfrutando de esa embriagadora sensación de libertad. Medio asustada, medio emocionada, admitió que Doran había tenido razón.

A menos que quisiera llevar la máscara de princesa durante el resto de su vida, tenía que romperla y descubrir quién era en realidad Serina de Montevel.

Y mientras estuviera en Nueva Zelanda sería una

persona normal, la persona que le había dicho a Alex que era.

De repente, sintió una intensa sensación de alivio, como si se le hubiera quitado un enorme peso de encima. Durante toda su vida había sido el apéndice de alguien, la hija de sus padres, la hermana de Doran, la última princesa de Montevel, la prima de todas las cabezas coronadas de Europa...

Incluso en su trabajo. Aunque había demostrado ser una buena columnista, con un don para describir un paisaje con palabras, había sido su título lo que le dio la oportunidad de escribir esa columna en la revista.

Manteniendo la mirada fija en las montañas, Serina vio cómo el avión se alejaba de la Europa que conocía tan bien para dirigirse a un lugar desconocido y más primario al otro lado del mundo.

–Yo tengo trabajo que hacer –dijo Alex entonces, levantándose–. Si necesitas algo, díselo a cualquiera de los auxiliares de vuelo.

–Muy bien.

Alto y fibroso, sus rasgos eran fuertes y turbadoramente sensuales. Su estatura y la fuerza de su personalidad hacían que la cabina pareciese más pequeña.

¿Qué clase de amante sería?, se preguntó. ¿Tierno y considerado o salvamente apasionado?

Serina tuvo que tragar saliva. ¿Qué sabía ella de amantes, tiernos o apasionados? Si Alex intentase conquistarla, no sabría qué hacer.

Y seguramente eso le parecería muy aburrido.

Afortunadamente, una auxiliar de vuelo se acercó

entonces con unas revistas, incluyendo aquélla para la que escribía.

Intentando dejar de pensar en Alex, Serina leyó su última columna, frunciendo el ceño ante una frase que podría haber mejorado, y después intentó concentrarse en la última moda.

Rassel había hecho bien en despedirla, pensó, haciendo una mueca al ver una fotografía de su última colección. Ese estilo tan alternativo no le quedaría bien. Su rostro y su persona eran demasiado convencionales.

Unos minutos después consiguió relajarse lo suficiente como para cerrar los ojos. El sonido de los motores y el silencio de la cabina la animaban a dormir. Pero, de repente, tuvo la sensación de ser observada.

¿Estaba Alex mirándola?

No, claro que no. Nerviosa, siguió leyendo la revista pero se le cerraban los ojos.

–¿Estás cansada?

–¿Eh? Ah, sí, un poco –contestó ella.

–Puedes usar el dormitorio, al fondo de la cabina –dijo Alex–. Allí estarás más cómoda.

Serina desabrochó el cinturón de seguridad, pero tuvo que agarrarse al respaldo del sillón cuando iba a levantarse.

–No pasa nada, tranquila. Estamos atravesando las montañas y hay algunas turbulencias. En cuanto lleguemos a una altura normal, todo irá mejor.

–No tengo miedo, pero gracias. Es que no lo esperaba.

Nerviosa, se dirigió al dormitorio para poner distancia, y una puerta, entre los dos.

Si hablar con él la ponía tan nerviosa, pasar un mes en Nueva Zelanda iba a ser una tortura, pensó.

Serina se llevó una mano al corazón cuando cerró la puerta. El dormitorio estaba decorado en tonos claros y alegres, con sábanas de lino y una manta de cachemir que parecía llamarla.

Pero lo más atractivo era ese ansia de algo que no conocía, algo de lo que tenía miedo pero que le parecía fascinante.

–Olvídate de eso y empieza a portarte como una persona cuerda –murmuró para sí misma, mientras se sentaba en la cama para quitarse los zapatos.

Pero cuando cerró los ojos se encontró preguntándose cuántas mujeres habrían compartido esa cama con Alex.

Capítulo 3

ESE ABSURDO pensamiento pareció trasladarse a los sueños de Serina, convirtiéndolos en una pesadilla. La perseguía algo oscuro, ominoso, algo que pretendía matarla... y aunque corría hasta quedar sin aliento no podía alejar a su perseguidor y dejó escapar un grito de angustia...

Y entonces alguien la sacudió vigorosamente.

–Despierta, Serina. Despierta, estás teniendo una pesadilla.

Aún medio dormida, Serina intentó apartarse de la mano que la sacudía, pero los dedos se cerraron sobre su hombro.

Cuando abrió los ojos por fin vio a Alex Matthews a su lado y, horrorizada, notó que sus ojos se llenaban de lágrimas.

–Pobrecita –murmuró él, antes de tomarla entre sus brazos.

El calor de su cuerpo y su fragancia, tan sexy, tan masculina, la envolvieron. Serina apoyó la cabeza en su hombro para buscar consuelo. Podía notar los latidos de su corazón y algo explotó dentro de ella, abriéndose como una flor. Fue algo tan repentino, tan intenso, que la hizo temblar.

Y entonces se dio cuenta de que también Alex parecía afectado. Atónita, se echó hacia atrás.

–Lo siento... no quería molestarte.

–No me has molestado en absoluto. ¿Tienes pesadillas a menudo?

–Alguna vez. ¿No las tiene todo el mundo?

No, seguramente Alex Matthews no las tendría nunca.

–¿Quieres contármela?

–No –Serina giró la cabeza, poniéndose colorada–. Lo siento, estoy siendo muy antipática.

–A veces hablar con alguien hace que los miedos desaparezcan.

–Es una pesadilla normal: alguien me persigue y yo intento correr, pero no logro avanzar. Nunca sé qué o quién me persigue, es un sueño absurdo.

Si pudiese verlo, podría enfrentarse con lo que fuera, pero la terrible amenaza jamás se había revelado en sus sueños.

Su madre le había dicho que era un sueño adolescente, el miedo a dejar atrás la infancia y convertirse en adulta, pero Serina ya no lo creía. Había tenido que creer a toda prisa el año que cumplió los dieciocho, cuando sus padres murieron.

–Esperar que los sueños tengan algo de lógica es absurdo, nunca la tienen –dijo Alex.

–Sí, bueno, gracias por rescatarme de todas formas.

Él la miró entonces, con el ceño fruncido.

–¿Se te ocurre alguna razón por la que hayas vuelto a tener esa pesadilla ahora?

–No, pero como tú mismo has dicho, los sueños no tienen sentido.

Alex asintió con la cabeza.

–Servirán la comida enseguida. Si quieres darte una ducha...

–Sí, eso me gustaría. Gracias, eres muy amable.

Cuando salió del dormitorio, Serina se quedó sentada en la cama durante unos segundos, esperando que su corazón recuperase el ritmo normal.

Qué tonta había sido. En cuanto la despertó, debería haberse apartado, debería haber rechazado el abrazo.

Pero en lugar de hacerlo había apoyado la cara sobre su hombro como una niña necesitada, como si él fuera su refugio en un mundo peligroso.

Y había sido muy consolador, debía reconocer, apoyarse en esos brazos tan fuertes y respirar ese aroma tan suyo, notar que también él parecía afectado...

Enfadada consigo misma por pensar esas cosas, entró en el cuarto de baño.

Alex levantó la mirada cuando salió de la habitación, peinada y arreglada. Había vuelto a ponerse la máscara, pensó irónicamente. Y esta vez era de cemento.

¿Por qué lo exasperaba tanto Serina?, se preguntó. ¿Porque había convertido su título en una forma de vida? Un estilo de vida beneficioso a juzgar por su vestuario.

No, eso era injusto. La ropa que llevaba era de Rassel, el diseñador para el que había sido musa durante años.

Y el tipo había elegido bien. Serina de Montevel tenía contactos en todas partes y estaba soberbia con cualquier cosa. Pero él detestaba a cualquiera que usara su título, su herencia o su posición para medrar.

Aunque sabía que era injusto. Al fin y al cabo, ella se defendía en la vida como podía.

Además, no era capaz de detestar a Serina... a la princesa Serina, se recordó a sí mismo. No sólo la había invitado a pasar unos días con él en Northland, sino que había organizado unas vacaciones para su hermano con objeto de evitar que se metiera en líos y le había prometido trabajo durante las vacaciones.

¿Por qué intentaba entrar en la vida de Serina?, se preguntó. ¿Porque era un reto?

No, él nunca había mirado a las mujeres como un trofeo, más interesantes cuanto más difícil fuese conquistarlas. En cuanto a su hermano pequeño, le gustaba el chico y apartarlo de esa manada de lobos en la que había caído sin darse cuenta sería bueno para Gerd porque Montevel y Carathia compartían frontera.

¿Y la princesa? Lo intrigaba.

Y la deseaba, debía reconocer. Y ella sentía lo mismo. Alex tenía suficiente experiencia como para darse cuenta de eso. Aunque intentaba disimular, la princesa Serina no podía esconder lo que sentía por él. Pero había dejado claro que no tenía intención de hacer nada al respecto y eso significaba que, aunque la atracción fuese mutua, seguramente no iba a pasar nada.

Una pena, pero era decisión de Serina.

Alex miró su serena expresión mientras se sentaba a su lado y tomaba una revista.

La noche anterior, la mujer que rompió definitivamente el matrimonio de los Montevel, y que posiblemente provocó su muerte, había insinuado que Serina buscaba un marido rico. Y Alex despreciaba a esa mujer, y a sí mismo, por no ser capaz de olvidar esas palabras.

Tal vez estaba conservándose para el matrimonio, aunque había oído rumores sobre un par de relaciones serias...

¿Desde cuándo se preocupaba él de los rumores? La elegante, inteligente y exquisita princesa sería la esposa perfecta para cualquier hombre.

Con Gerd casado, ¿lo vería la princesa como un posible candidato? Él no era de sangre real, pero sí era un hombre rico y con contactos.

Y si sabía algo más sobre la conspiración en la que estaba involucrado su hermano de lo que el jefe de seguridad de Gerd había descubierto, un marido rico y enamorado sería un as en la manga.

No sería la primera vez que una mujer intentaba seducirlo por razones que no tenían nada que ver con el afecto o el amor y dudaba que fuese la última. Pero si la princesa Serina pensaba que podía manipularlo, estaba muy equivocada.

La encontraba atractiva, pero él sabía controlar sus impulsos.

Claro que, aunque se hubiera preguntado en algún momento si sería un buen candidato, debía haberlo pensado mejor porque antes, en la cama, se había apartado de sus brazos como si él fuera ese ser que la perseguía en sueños.

O tal vez, pensó cínicamente, había decidido que rendirse demasiado pronto la rebajaría ante sus ojos.

Alex suspiró, aliviado, cuando la auxiliar de vuelo apareció con una bandeja de refrescos interrumpiendo sus pensamientos.

Después de comer, Serina abrió su ordenador para trabajar en su próxima columna. La noche anterior había pasado varias horas en Internet buscando datos sobre Nueva Zelanda y su flora...

–¿Puedo ayudarte en algo? –le preguntó Alex.

–No, gracias. Le he enviado un correo electrónico a mi editora y está muy contenta por mi visita a Nueva Zelanda. Los europeos lo saben todo sobre los jardines ingleses, pero creo que las lectoras disfrutarán de algo nuevo.

–Aquí, la mayoría de los jardines son muy informales. No podrás darle a tus lectoras una visión de la aristocracia neozelandesa porque no existe.

–¿No me digas? –bromeó Serina–. Si hubieras

leído mi columna alguna vez, sabrías que las estrellas de mis textos son los jardines, no los propietarios.

–Qué interesante.

–He estado investigando un poco y he descubierto que en Northland hay varios jardines magníficos. ¿Tú tienes un jardín interesante?

–A mí me gusta, pero no quiero que nadie escriba sobre él.

–Ah, muy bien.

Qué arrogante, pensó. Esperaba que no fuera así durante los días que estuviera en su casa. Afortunadamente, durante el resto del viaje se mostró amable y simpático. Serina comió, bebió, leyó, trabajó y dio frecuentes paseos por el avión para que no se le durmiesen las piernas, como Rosie le había recomendado. Y, por fin, llegaron a Auckland.

–¡Es una ciudad preciosa! –exclamó, mirando por la ventanilla–. No sabía que fuese tan grande.

–Aunque en Nueva Zelanda sólo hay cuatro millones de habitantes, un millón de ellos viven en Auckland.

–¿Dónde está Haruru?

–A media hora de vuelo, al norte. Pero esta noche tengo que acudir a una cena benéfica en Auckland, así que dormiremos en mi apartamento y nos iremos mañana.

–Ah.

–Tal vez debería habértelo dicho antes –comentó Alex al ver su cara de sorpresa.

–No, no importa.

–Siento tener que dejarte sola durante tu primera noche en Nueva Zelanda.

–Tonterías –Serina rió, intentando mostrarse despreocupada–. Además, lo último que me apetece es salir esta noche.

Durante el viaje, Alex había ido trabajando o leyendo. Si intentaba demostrar su total falta de interés en ella, lo había conseguido. Y si eso la apenaba, era problema suyo.

El avión empezó a descender sobre la ciudad y, después de aterrizar y pasar el control de aduana rápidamente, fueron a la puerta de la terminal, donde los esperaba un coche.

El conductor, un hombre muy alto, saludó a Alex con una sonrisa.

–¿Qué tal el viaje?

–Bien, gracias –la sonrisa de Alex lo hacía parecer más joven y más accesible que nunca–. ¿Qué tal la familia, Craig?

–Muy bien –respondió el hombre, tomando la maleta de Serina–. El niño ya anda por todas partes. Mi casa es un caos.

Alex le presentó a Craig Morehu y el hombre estrechó su mano.

–¿Cuánto tiempo tiene el niño? –le preguntó Serina.

–Diez meses –contestó él, con una sonrisa de orgullo paternal–. Aparentemente, está muy avanzado para su edad.

–Craig y yo tenemos que hablar de trabajo, así que

me sentaré delante con él si no te importa –dijo Alex entonces.

–No, claro que no.

Durante el viaje Serina miraba por la ventanilla, sin prestar atención a los anchos hombros de Alex o a su voz mientras hablaba con el conductor.

Auckland era una ciudad llena de árboles, muchos de los cuales no reconocía. Era mucho más bonita de lo que había esperado.

El apartamento de Alex era un elegante dúplex en un edifico construido en el siglo XIX que se había convertido en hotel. Amueblado al estilo tradicional, desde los enormes ventanales se disfrutaba de una magnífica vista del puerto y había flores frescas en todas las habitaciones.

Serina no sabía bien qué había esperado, tal vez algo minimalista y masculino que pegase con la personalidad de Alex.

Pero seguramente había sido decorado por un profesional...

Entonces vio un telescopio dirigido al puerto. Su padre tenía uno parecido y seguía estando en el apartamento que compartía con Doran en Niza.

Alex la llevó a un enorme dormitorio con su propio cuarto de baño. Era más femenino, más cálido que el resto de la casa, decorado en tonos claros.

–Si necesitas algo, dímelo o llama por teléfono a recepción. Estaré con Craig una hora más y después podemos nadar un rato o jugar al tenis. ¿Qué te apetece?

–Jugar al tenis –respondió Serina, intentando borrar la turbadora imagen de Alex en bañador que había aparecido en su cabeza.

–Muy bien, nos veremos más tarde.

Después de sacar sus cosas de la maleta, Serina colocó el ordenador sobre una mesa y le envió un correo electrónico a Doran para decirle que había llegado a Nueva Zelanda. Su hermano ya le había enviado uno, breve pero lleno de entusiasmo. Evidentemente, lo estaba pasando en grande.

Un poco más animada, estuvo largo tiempo bajo la ducha, su piel seca después del viaje disfrutando de la cascada de agua fresca. Los pantalones cortos y la camiseta que eligió después eran prácticos y discretos y, sin embargo, cuando Alex volvió se sintió ridículamente nerviosa por mostrar sus piernas desnudas.

También él llevaba un pantalón corto y, al verlo, volvió a sentir ese cosquilleo en el estómago. Alto y moreno, sin el traje de chaqueta Alex era... abrumador.

Serina tragó saliva, alegrándose de haber elegido jugar al tenis. Si ejercía tal impacto en ella en pantalón corto, no quería ni imaginar lo que sería en bañador.

–¿Qué tal se te da el tenis?

–Regular, ¿y a ti?

–Fatal. Llevo años sin jugar.

Posiblemente, pero sus bíceps y las musculosas piernas dejaban claro que hacía ejercicio. Y pronto descubrió que jugaba al tenis mucho mejor de lo que había dicho, pero estaba decidida a no dejarse ganar tan fácilmente.

Cuando volvieron al apartamento, después de una honrosa derrota, Alex comentó:

–Eres una luchadora.

–No me gusta perder –dijo Serina.

Y había disfrutado haciendo que Alex se esforzase para ganarla. Su madre solía decir que un hombre necesitaba saber que era más fuerte que la mujer de su vida, pero estaba equivocaba. Eso podía aplicarse a los hombres de carácter débil, pero Alex no se habría llevado un disgusto si hubiera perdido el partido. Tenía una innata seguridad y no necesitaba demostrar constantemente que era un ganador.

O eso le parecía. En realidad, apenas conocía a aquel hombre, tuvo que reconocer.

–No creo que a nadie le guste perder. A mí no me gusta, desde luego.

–Debe de ser una característica de los hombres de tu familia. Kelt y Gerd siempre tienen que ganar a toda costa.

–¿Tú crees? –Alex arrugó el ceño–. Nos gusta ganar y nos esforzamos para conseguirlo, pero yo no diría que queremos ganar a toda costa.

–Bueno, tal vez tengas razón. Pero ganar es importante para ellos.

–Y para los hombres de tu familia también, tengo entendido. ¿Tú crees que Doran tiene alguna posibilidad de recuperar el trono de Montevel?

Ella lo miró, atónita.

–¿De qué estás hablando?

–Vamos, Serina, tú tienes que saber que tu hermano y un grupo de exiliados de Montevel están involucrados en un compló para recuperar el trono.

Se habían detenido frente al ascensor y, mientras entraban, Serina soltó una carcajada.

–Estás hablando del juego de ordenador, ¿verdad?

–¿Un juego de ordenador? –repitió él.

–¿Cómo te has enterado?

–Las noticias vuelan.

Serina arrugó el ceño.

–Pues Doran va a llevarse un disgusto. Mi hermano dice que el mundo de los juegos de ordenador es muy competitivo y no quiere que nadie sepa lo que están haciendo. ¿Tú tienes algún interés en esas cosas?

–No –contestó Alex–. Además, aunque tuviese algún interés, yo no voy por ahí robando las ideas de los demás.

–Ya imagino. ¿Pero cómo te has enterado? Doran me lo contó a mí porque soy su hermana, pero se supone que nadie más lo sabe. Incluso me hizo jurar que no se lo contaría a nadie.

Alex la miró con expresión pensativa.

–Háblame de ese juego.

–No sé si debo hacerlo...

–Puedes confiar en mí, te lo aseguro.

Serina lo pensó un momento y luego decidió que Alex era de confianza.

–Empezó hace un año. Uno de los amigos de Doran decidió un día usar Montevel como idea para crear un juego de ordenador y todos están fascinados por ello, en parte porque creen que se van a hacer millonarios. Doran lo pasa muy bien imaginando qué hará con ese dinero.

Alex levantó una ceja.

–¿Y qué piensa hacer?

–Navegar por todo el mundo en un yate de treinta metros de eslora.

–¿Y cuál es tu parte en el asunto?

–Ninguna, a menos que cuentes regañarlo cuando se queda trabajando hasta las tantas delante del ordenador.

–Entonces sólo es un juego de guerra, una fantasía.

–Claro –respondió Serina–. ¿Qué otra cosa podría ser? ¿Creías que Doran y sus amigos eran revolucionarios o algo así?

La helada sonrisa de Alex hizo que sintiera un escalofrío.

–Uno de mis hombres de seguridad escuchó algo sobre sus actividades, pero no sabía que era un juego de ordenador. Y como Montevel está en la frontera de Carathia, pensó que yo estaría interesado.

–Ah, ya veo.

De modo que los había invitado a Nueva Zelanda para descubrir algo sobre las actividades de Doran...

–Entonces podrás decirle, a él y a Gerd, que sólo

son un grupo de chicos que quieren hacerse ricos con un juego de ordenador.

–Pero tú estás preocupada.

–Irritada más bien. Doran pasa demasiadas horas delante del ordenador, horas en las que debería estar estudiando. Espero que este viaje lo haga pensar en otra cosa... he leído que hay gente que se vuelve adicta a los juegos de ordenador.

–Cuando se dedican a jugar con ellos, no a crearlos.

–Sí, es cierto –Serina suspiró–. Doran suele aburrirse de todo, pero este asunto ha durado mucho más que los otros. Sigue entusiasmado después de varios meses, pero pensar que mi hermano y sus amigos intentan derrocar el gobierno de Montevel... por favor... si son unos críos.

–Son unos jóvenes que han crecido con una visión retorcida de su país. Siguen viendo Montevel como solía ser para las clases altas antes de que los echasen de allí.

Serina lo miró, perpleja.

–Pues si eso es lo que piensas, no entiendo que nos hayas invitado a venir a tu casa.

Alex hizo una mueca.

–Lo siento, no pretendía ser grosero...

–¿Por qué nos has invitado a venir? ¿Por qué has insistido tanto en que lo hiciéramos, para averiguar algo más? –Serina se cruzó de brazos, enfadada–. Pues podrías haberte ahorrado la molestia. Si le hubieras preguntado anoche, mi hermano te habría contado lo del juego.

–Ah, pero entonces me habría perdido el placer de tu compañía.

–Y, sin duda, eso habría sido una tragedia –replicó ella, irónica.

Alex puso una mano sobre su hombro y, al ver el brillo de deseo en sus ojos, Serina tuvo que hacer un esfuerzo para no echarle los brazos al cuello.

–Alex...

Capítulo 4

LOS LABIOS de Alex apenas se movieron para murmurar: «Serina», mientras trazaba la curva de sus labios con un dedo.

Ella tragó saliva, un deseo inesperado llenándola por completo. Estaba conteniendo el aliento, ahogándose en el azul de sus ojos y tenía que hacer un esfuerzo para permanecer de pie.

–Tienes que saber cuánto me alegro de que hayas venido –dijo él entonces.

Pero cuando dio un paso atrás, Serina tuvo que luchar contra una desilusión tan aguda como la hoja de un cuchillo.

¿Qué había pasado?

Aún no le había dicho por qué los había invitado, a ella y a Doran, a visitar Nueva Zelanda. ¿Lo habría hecho para descubrir qué estaba tramando su hermano? ¿Y esa caricia sobre sus labios habría sido deliberada para que olvidase la pregunta?

De ser así, había conseguido lo que quería. Alex había sido capaz de apartase mientras ella seguía inmóvil.

Pero el orgullo la rescató. Irguiendo los hombros,

Serina levantó la barbilla y lo miró a los ojos, sin dejarse amedrentar. Después de todo, no era como si nunca la hubieran besado.

Claro que esos besos habían sido meramente agradables, nada que ver con la sensación que había experimentado cuando Alex la tocó.

¿Cuál era la diferencia?

Ningún otro hombre la excitaba como lo hacía él. Era el único capaz de hacer que su corazón se acelerase, de crear esa anticipación en ella...

–Espero que seas capaz de convencer a Gerd de que su preocupación no tiene ningún sentido.

La expresión de Alex era indescifrable.

–Le diré que tú has dicho eso –murmuró, antes de mirar el reloj–. He llamado a la persona que organiza la cena benéfica de esta noche y me ha dicho que le encantaría conocerte.

–No –dijo Serina–. Estoy cansada, no sería buena compañía esta noche.

–Lo siento, debería haberlo imaginado. Estás agotada después del partido...

–No estoy agotada. Sólo necesito una noche de sueño y mañana estaré como nueva.

Alex asintió con la cabeza.

–Volveré antes de medianoche. Cuando quieras comer algo, sólo tienes que llamar al restaurante del hotel.

Ella suspiró, aliviada, cuando Alex se marchó. Aunque el enorme dúplex parecía hacer eco sin su formidable presencia.

Después de cenar, exploró los libros de una habitación que hacía de biblioteca y zona de descanso. Estuvo leyendo un rato, pero aunque estaba cansada, tardó mucho tiempo en dormirse.

De hecho, seguía despierta cuando Alex volvió de la cena benéfica.

No podía dejar de pensar en ese momento, cuando rozó sus labios mirándola a los ojos con una intensidad que la sorprendió y la excitó al mismo tiempo.

Había querido besarla, eso estaba claro.

¿Por qué se había apartado entonces? Alex era un hombre experimentado y debería haber sabido que no iba a darle una bofetada si intentaba besarla.

Tal vez había decidido que era demasiado pronto y, de ser así, sería muy considerado por su parte.

Y estaría en lo cierto, además. Tenían cuatro semanas por delante para descubrir más cosas el uno del otro.

Sonriendo, cerró los ojos y poco después se quedó dormida.

Por la mañana, después de ducharse, se puso un pantalón y una blusa azul que destacaba el color de sus ojos. Y cuando abrió las cortinas miró un cielo radiante, el puerto brillando bajo el sol, rodeado de islitas que parecían bailar sobre el vívido azul del mar.

Al abrir la puerta de la terraza lanzó una exclamación de sorpresa al ver unas rosas perfectas de un rojo tan potente como un amor prohibido.

—Una rosa es una rosa.

Alex.

Al ver que la miraba con una sonrisa en los labios, por un momento pensó que se le había parado el corazón.

–¿Sabes cómo se llama esa rosa?

–No, pero puedo averiguarlo. ¿Has dormido bien?

–Sí, gracias. ¿Qué tal la cena benéfica?

–Muy bien –murmuró él, sin dejar de mirarla a los ojos.

Parecía haber un abismo frente a ella. Si daba un paso adelante, estaría en territorio desconocido. Podría hundirse o descubrir cosas nuevas. En cualquier caso, nunca volvería a ser la misma.

¿Era más seguro quedarse donde estaba, seguir con ese tipo de conversación y marcharse de Nueva Zelanda cuatro semanas después siendo la misma persona de siempre?

Siendo una cobarde.

Con el corazón acelerado, e intentando olvidar sus miedos, Serina levantó una mano para tocar la cara de Alex.

–Qué sorpresa, Alteza.

–Mi nombre es Serina.

Quería que besara a la mujer que era, no a la princesa, heredera de un trono difunto.

Sin embargo, en sus ojos veía un brillo de reserva y supo que, por alguna razón desconocida, él no quería aceptar esa pequeña rendición.

–¿Sabes lo que estás pidiendo? –preguntó Alex entonces, con voz ronca.

–Sí, lo sé. ¿Pero qué es lo que tú quieres?

Algo brilló en los ojos azules, algo que lo hizo sonreír.

–Un beso –contestó por fin–. Pero no te lo pido, Serina, voy a tomar lo que tú me estás prometiendo en silencio desde que bailamos juntos en la boda.

Luego tiró de ella y Serina puso una mano en su torso. Sintiendo una mezcla de miedo y anticipación voluptuosa, pensó que parecía un cazador.

Y, por fin, asintió con la cabeza porque no podía hacer nada más. Pero se le doblaron las rodillas cuando Alex tiró de ella para aplastarla contra su torso y buscar sus labios en un beso apasionado.

Después, levantó la cabeza para mirarla a los ojos y sonrió al ver que el color violeta se había vuelto misteriosamente oscuro. Apretando los dientes para controlarse, tuvo que luchar contra el deseo de tomarla en brazos y llevarla al sofá para hacerle el amor allí mismo.

No lo haría.

Era demasiado pronto y Serina merecía algo más que una violenta consumación.

Pero no podía resistir la atracción de sus labios y cuando inclinó la cabeza para besarla de nuevo, ella se derritió entre sus brazos sin resistirse, tal rendición desatando una tórrida cadena de explosiones que lo dejaron temblando.

Logró controlarse para mirarla a los ojos y decir con una voz que no reconocía como suya:

–Tenemos que parar ahora mismo o será demasiado tarde.

Ella bajó las pestañas, sobre una piel tan transparente como la más fina seda, y cuando levantó la cara de nuevo parecía más calmada.

–Muy bien –dijo con voz ronca.

Alex había perdido el control por primera vez en su vida. Había sentido la tentación de dejarse llevar por sus deseos y olvidarse de las consecuencias.

De modo que la soltó, intentando calmarse. Pero aquello era como una tormenta, algo que no había experimentado en su vida.

¿Quién hubiera pensado que la reservada princesa podría excitarlo de tal modo, ofreciéndose a sí misma ardientemente y sin reservas?

Se preguntó luego si se habría entregado tan apasionadamente si no hubieran hablado de su hermano.

Pero sabía que no era así. Serina parecía convencida de que Doran y sus amigos estaban diseñando un juego de ordenador...

En cualquier caso, debía asumir que *podría* estar mintiendo. Pero quería confiar en ella. La historia del juego de ordenador era un subterfugio brillante, creíble incluso. Una pena que no fuese verdad. El joven Doran y su banda de románticos conspiradores no sabían dónde se habían metido.

Y estaría traicionando a Gerd y Rosie si no hiciera un esfuerzo para averiguar si Serina sabía algo del asunto. Necesitaba información, una pista que pudiese llevarlos hasta los que apoyaban económicamente a su hermano y sus amigos.

A pesar de sus esfuerzos, aún no sabían quién tiraba de las cuerdas o por qué, aunque tenían sospechas. Y si la princesa sabía algo, él debía descubrirlo.

Y si para eso tenía que seducirla, lo haría. Era una cuestión de vida o muerte, no sólo para Doran y sus amigos, sino también para muchas otras personas.

Serina levantó la mirada y, al ver un brillo frío en sus ojos, se dio la vuelta, fingiendo interesarse de nuevo por la rosa.

—Lo siento —se disculpó Alex.

—¿Por qué? Sé que los periodistas me llaman «la princesa de hielo», pero imagino que tú no lo creerás. Me han besado antes.

Él levantó las cejas.

—No, digo que lo siento porque tenía previsto ir a Haruru mañana, sin darme cuenta de que tal vez querríamos alargar nuestra estancia en Auckland unos días más.

Serina sintió que le ardían las mejillas. Ahora o nunca, pensó, preguntándose si Alex podría escuchar los latidos de su corazón.

Ahora, se dijo.

Porque hacer el amor con Alex le interesaba mucho más que las rígidas reglas que le habían inculcado su madre y sus gobernantas. Por primera vez en su vida se daba cuenta de lo potente que podía ser el deseo...

—Nunca había visto una rosa de un rojo tan profundo —murmuró, llevándose la flor a los labios—. Y como parece vivir tan felizmente en un tiesto, me gustaría llevarme una a casa para ponerla en mi balcón. Así tendría un recordatorio de mi estancia aquí.

–Si quieres un recordatorio de tu estancia en Nueva Zelanda, una planta nativa sería más apropiada. Puedes comprar semillas en cualquier sitio.

¿Cómo podía pasar tan abruptamente de los besos apasionados a aquella amable y mundana conversación?

Sin ninguna dificultad, pensó. Ella seguía emocionada, pero de nuevo Alex parecía absolutamente sereno.

–Las buscaré –murmuró–. ¿A qué hora nos vamos?

–Ha habido un cambio de planes –dijo Alex–. Anoche me encontré con unos amigos que viven cerca de aquí, en un viñedo. Me han invitado a la presentación de un nuevo vino y cuando mencioné que estabas conmigo insistieron en que tú fueras también.

–Es muy amable por su parte. Me encantaría conocerlos y la presentación de un vino siempre es una ocasión especial, pero no sé si...

–Los neozelandeses son personas muy informales y te aseguro que la invitación es sincera. Aura ha sugerido que podría enseñarte su jardín, ya que eso es lo que te interesa. Ha leído tus columnas.

No sabía por qué, pero eso la tranquilizó un poco.

–Muy bien, de acuerdo.

Alex miró su reloj.

–Entonces será mejor que nos pongamos en marcha. Servirán el desayuno en quince minutos.

Serina volvió a su dormitorio y, una vez sola, intentó aclarar sus confusos pensamientos.

Por alguna razón, no quería analizar lo que había pasado en la terraza. Tal vez porque cuando lo recordaba sentía un cosquilleo extraño entre las piernas, algo a lo que no estaba acostumbrada.

Sí, le gustaban los besos de Alex. Le gustaban demasiado, y a juzgar por su reacción, a él le pasaba lo mismo.

Pero después de besarla se había apartado. Otra vez.

¿Por qué? ¿Y dónde los llevaba aquello?

Serina miró alrededor entonces, preguntándose cuántas mujeres habrían usado antes aquella habitación.

Ese pensamiento ensombreció la emoción de sus besos, el placer de aquel día, de la magnífica rosa.

Una vez había presenciado una escena entre su padre y su madre que le rompió el corazón y la sumió en la duda:

–Ella no significa nada para mí, querida –había dicho su padre–. Tú siempre serás el amor de mi vida, lo demás es puro entretenimiento.

–¿Todos los hombres piensan así? –había preguntado su madre, angustiada.

Y su padre, probablemente incómodo al ver el dolor en los ojos de su mujer, había respondido:

–Sí, claro. Los hombres somos así.

La experiencia de Serina apoyaba esas palabras. Muchos hombres, y algunas mujeres, no necesitaban el amor ni querían que alguien los amase.

Pero ella no era ese tipo de persona. Se había prometido a sí misma esperar hasta que encontrase a ese alguien especial, alguien que la hiciera sentir cosas que no hubiera sentido nunca. Alguien a quien pudiese respetar...

Y un año antes, ese alguien imaginario se había concretado en Alex Matthews.

Ahora entendía que esa atracción había tomado la decisión por ella. Pero temía que la pasión se lo llevara todo por delante. Tenía que estar absolutamente segura de sus sentimientos y para eso tendría que conocerlo un poco más, saber si se entendían intelectual y emocionalmente. La atracción física era muy poderosa, pero ella no tenía intención de dejarse llevar por algo tan básico.

Sólo entonces podría dar el siguiente paso.

Y para entonces sabría *cuál* era ese siguiente paso.

Mientras tanto, lo mejor sería buscar un vestido para el almuerzo y eligió un traje elegante y sofisticado de lana fría, en tono granate.

Cuando salió de la habitación, Alex la miró con una sonrisa en los labios.

—¿Has elegido ese traje para que haga juego con el vino?

—No se me había ocurrido, pero no está mal —respondió ella, riendo.

Los amigos de Alex les dieron la bienvenida calurosamente. Los Jansen, una pareja encantadora, vivían con sus cuatro hijos en una magnífica casa sobre un valle cubierto de viñedos que llegaba hasta el estuario. Y tenían un jardín soberbio, una mezcla de plantas nativas y tropicales que dejó a Serina transfigurada.

Entre los invitados a la presentación había gente de la zona y amigos europeos y norteamericanos, sobre todo gente que se dedicaba a la producción o comercialización del vino. Serina disfrutó charlando con todos y se mostró encantada al ver a una vieja amiga, la princesa de un país cercano a Montevel, que ahora vivía en Nueva Zelanda con su guapo marido.

Y también se encontró con Gilbert, el hijo de un famoso productor de champán francés, que la besó en ambas mejillas.

–Querida Serina, ¿se puede saber que haces aquí, al otro lado del mundo?

–Está conmigo –respondió Alex.

–Ah, Matthews. Debería haber imaginado que tú estarías con la mujer más guapa de la fiesta... además de nuestra anfitriona, por supuesto.

Serina rió.

–El mismo Gilbert de siempre, un halago para cada mujer –le dijo, con tono afectuoso, notando que Alex no parecía cómodo–. ¿Qué haces tú aquí, con la competencia?

–Flint y yo somos viejos amigos y suelo venir a Nueva Zelanda... para vigilarlos –bromeó Gilbert–. Y porque seguimos vendiendo mucho champán aquí.

Más tarde, Serina miraba por la ventanilla del avión que los llevaba a Northland.

–Admítelo –dijo Alex–, te ha sorprendido ver a esa gente en casa de Flint y Aura.

–Sí, un poco. Nueva Zelanda está tan lejos de todo y parece tan pequeño en el mapa... aunque me habían dicho que los neozelandeses eran gente muy simpática.

–Y acostumbrada a recibir gente de todo el mundo.

–Aparte de la gente, el almuerzo ha sido encantador. El valle con sus viñedos, las colinas y el mar al fondo... y el jardín, que es fabuloso.

–Imagino que estarás acostumbrada a eventos de ese tipo.

–Sí, es cierto. Pero lo de hoy ha sido... –iba a decir especial pero se contuvo porque el almuerzo había sido especial gracias a Alex–. Muy agradable. Tus amigos me han caído muy bien y el vino que producen es estupendo.

–Le he preguntado a Aura y Flint si les importaría que hicieras algunas fotografías de su jardín para tu columna.

–Ah, gracias. ¿Les ha parecido bien?

–Están encantados. Pero tendrá que ser más adelante, ahora se llevan a los niños de vacaciones a Maldivas. Cuando vuelvan me llamarán e iremos en helicóptero desde Northland.

–¿Tienes un helicóptero?

–Comparto uno con Kelt, que vive cerca de mi casa.

–Estupendo –murmuró ella, mirando de nuevo por la ventanilla.

–El océano Pacífico está a la derecha –dijo Alex, señalando una costa rodeada de islitas con playas de arena blanca–. Y el mar de Tasmania al otro lado.

La costa de Tasmania era más salvaje, más agreste, con acantilados y playas cubiertas de rocas. Entre el mar y las casas había montañas cubiertas de pinos.

–Originalmente, éste era un sitio lleno de arbustos, insectos y aves autóctonas. Además de murciélagos, focas, leones de mar, delfines y ballenas.

–Debió de ser maravilloso ser la primera persona que pisara estas costas.

Alex la miró con una sonrisa en los labios.

–¿No me digas que tienes corazón de exploradora?

–No, no lo creo.

–Los maoríes colonizaron Nueva Zelanda y cuando llegaron los primeros europeos se quedaron maravillados al ver la cantidad de aves desconocidas para ellos –Alex señaló por la ventanilla–. Mira, ésos son olivos. Y esos árboles tan oscuros son aguacates. Gran parte de la flora y la fauna original se ha perdido con el paso de los años y las diversas colonizaciones, pero hay varias asociaciones que están intentando recuperarlas. Si quieres, te presentaré a las personas que se encargan de ese proyecto.

–Muy bien –asintió Serina–. Pero si no tienes tiempo, dame un mapa y yo me encargaré de explorar.

–No, te llevaré yo. Al fin y al cabo, estás en mi territorio –dijo él.

Serina asintió con la cabeza.

–¿Cómo se llama esa ciudad de ahí abajo?

–Whangarei. Es la única ciudad grande de Northland.

–Es maravillosa... con esas montañas que llegan hasta el mar. Por el momento, todo lo que he visto de Nueva Zelanda me gusta.

–También hay zonas feas, claro. Algunas de nuestras ciudades son viejas y han sido construidas sin pensar en el paisaje que las rodea. Pero a mí me gustan de todas formas.

Evidentemente, Alex amaba aquella zona del país.

–He leído algo sobre South Island, pero no sé mucho sobre el norte.

–South Island es un sitio magnífico... veremos si puedo llevarte allí antes de que te vayas. Pero yo nací en el norte y siempre ha sido mi casa, así que para mí es el sitio más bonito del mundo.

–Debe de ser maravilloso sentir eso por un sitio.

–¿Tú no sientes lo mismo?

Serina se encogió de hombros.

–Mis padres nacieron en Montevel y siempre quisieron volver allí. Niza, la Riviera, sólo era un hogar temporal para ellos y creo que yo nací echando de menos un sitio que no conocía. Siempre me he sentido extranjera en todas partes –después de decirlo sacudió la cabeza–. No, extranjera es una palabra muy fuerte, más bien desplazada.

–¿Nunca has estado en Montevel?

–No puedo ir. El gobierno tiene prohibida la entrada a los miembros de la familia real.

–¿Y nunca has sentido el deseo de entrar allí ha-

ciéndote pasar por otra persona? Tal vez, si fueras, te
librarías de esa nostalgia. Pocos sitios están a la altura del recuerdo de las personas que los echan de
menos.

–Tengo la misma cara que mi abuela, no creo que
me dejasen entrar. Además, no tengo valor para hacerlo. Y tampoco tengo tanta necesidad.

–¿A tu hermano le pasa lo mismo?

Serina tardó unos segundos en contestar.

–Creo que sí, pero no estoy segura –dijo por fin,
volviendo la cara para mirar por la ventanilla.

Supiera o no a qué se dedicaba Doran, estaba
preocupada por él, eso era evidente. Y tal vez, a pesar
de su aparente resignación, soñaba con ser la princesa de Montevel. La princesa de hecho además de
llevar el título.

Alex pensó preguntarle directamente, pero decidió
no hacerlo.

Por mucho que intentase racionalizar su reacción
ante Serina, y había tenido que hacerlo durante horas
la noche anterior para poder conciliar el sueño, en
cuanto la tocaba experimentaba una oleada de deseo
que lo hacía olvidar las razones por las que no debería mantener una relación con ella.

Besarla había sido una revelación.

Y ver al joven Gilbert darle dos besos en la cara
había provocado una repuesta primitiva, desconocida
en él. Había tenido que hacer un esfuerzo para no
darle un puñetazo.

Alex intentó apartar ese recuerdo de su mente.

Gerd necesitaba una información que no conseguiría si dejaba que sus hormonas lo controlasen.

¿Habría decidido Serina manipularlo fingiendo estar interesada en él?

Porque dos podían jugar al mismo juego.

¿Y si le hacía daño?, se preguntó entonces.

Podría ser, pero si Doran seguía adelante con su plan, sufriría mucho más. Porque era imposible que su hermano pudiera sobrevivir durante un ataque a Montevel.

Alex tomó una decisión entonces.

Capítulo 5

CUANDO el avión empezó a descender, Serina vio un valle entre dos ríos que se unían para formar un lago separado del mar por una playa de arena dorada. Verde y exuberante, el valle tenía un aspecto remoto, como un lugar encantado apartado del resto del mundo.

Intrigada, se inclinó hacia delante para mirar la pista de aterrizaje, en la falda de una colina. Había varios aviones privados frente a un hangar y también dos helicópteros, además de un aparcamiento y un edificio grande.

No, Nueva Zelanda no parecía exactamente el fin del mundo, como solía decir su niñera.

–Ohinga –le explicó Alex, señalando un pueblecito costero rodeado de árboles–. Ahí es donde hacemos las compras.

–Esos árboles parecen salir directamente del agua –dijo ella, sorprendida.

–Son manglares. Zonas en las que los árboles prefieren el agua de los estuarios.

Serina asintió con la cabeza. Era una fantasía pensar que los besos de Alex la habían llevado a territorio desconocido y cambiado su vida para siempre. Ella no era una persona que tuviera experiencias dramáticas... y sólo habían sido besos, demás. No era exactamente una novedad.

Pero si sus besos podían hacerle eso, ¿qué pasaría si la tocase íntimamente?

Incluso con los ojos fijos en la ventanilla del avión, podía sentirlo a su lado, como si dejase en ella una impresión imborrable...

«Cálmate y deja de pensar tonterías», se dijo a sí misma. Alex era un hombre muy sexy, seguro de sí mismo, experimentado... y besaba como un dios, pero sólo era un hombre.

–Pensé que los manglares sólo se daban en un clima tropical.

–Y así es, pero el sur de Nueva Zelanda esta cubierto de ellos. Crecen en los estuarios.

–¿Y cómo llegaron aquí? Sé que las semillas flotan, pero hay un océano enorme entre Nueva Zelanda y los trópicos.

Alex sonrió.

–Hay quien dice que las semillas podrían venir de Australia, pero la última teoría es que Nueva Zelanda y Nueva Caledonia estuvieron conectadas una vez.

–Pero los manglares habrán tenido que adaptarse a un clima más frío.

–A menos que vinieran al sur durante una era más cálida y hayan ido adaptándose poco a poco.

–Fascinante –murmuró ella.

Pero no se le ocurrían más preguntas.

«¿Y ahora qué?», se preguntó.

Afortunadamente, el piloto anunció en ese momento que estaban a punto de aterrizar.

De nuevo, un coche los esperaba en la pista pero, en lugar de un hombre con traje de chaqueta, en esta ocasión su chófer era una mujer poco mayor que Serina, con vaqueros y un jersey de lana que no escondía sus admirables curvas.

–Hola, Alex –lo saludó alegremente–. ¿Qué tal el viaje?

Él se inclinó para darle un beso en la mejilla.

–Muy bien, gracias. Serina, te presento a Lindy Harcourt, que administra Haruru por mí. Lindy, te presento a la princesa Serina de Montevel.

–Serina, por favor –dijo ella, ofreciéndole su mano.

–Menos mal. No sabía si tendría que llamarte Alteza.

–Si quieres que te conteste, no lo hagas.

Lindy sonrió, mirándola con un brillo especulativo en los ojos.

–Veo que habéis traído muy poco equipaje.

Serina se preguntó si las otras mujeres que iban a visitar a Alex llevarían gran cantidad de maletas... aunque no era asunto suyo, claro.

Alex guardó la maleta en la parte trasera del Land Rover y le abrió la puerta mientras Serina se preguntaba qué clase de relación mantendría con Lindy Harcourt. La camaradería que había entre ellos parecía decir que había algo más que una simple amistad.

Y se dio cuenta entonces de que sentía una absurda punzada de celos. Pero los besos que habían compartido no le daban derecho a estar celosa, era absurdo.

Mientras Alex arrancaba, Lindy se inclinó hacia delante.

–¿Qué tal la boda de Rosie?

–Muy bien –respondió Alex.

–Y eso es todo lo que va a decir al respecto –Lindy rió–. Serina, tú tendrás que contármelo todo.

–Encantada –dijo ella–. La verdad es que nunca había visto a una pareja más feliz.

–A Rosie se le da bien ser radiante –comentó Lindy entonces.

Serina la miró, sorprendida. Era extraño que dijera eso, en ese tono y delante de Alex.

–Estaba guapísima y muy feliz. Hacen una pareja estupenda.

Eso acabaría con las conjeturas sobre si tenía el corazón roto o no. Claro que allí nadie estaría interesado en ese tipo de cotilleos.

Serina miró las manos de Alex sobre el volante, tan grandes y capaces, mientras maniobraba el Land Rover por la carretera, y lo que sintió hizo que girase la cabeza para mirar por la ventanilla. ¿Cómo podía sentir un cosquilleo entre las piernas sólo con mirar sus manos? Era indecente.

Nerviosa, se aclaró la garganta.

–¿Qué clase de árboles son ésos? –preguntó–. No esperaba colores de otoño aquí, tenía la impresión de que el clima era casi tropical.

–Temperaturas cálidas es la clasificación oficial –respondió Alex mientras giraba el volante para tomar una estrecha carretera–. Y eso significa que podemos cultivar cierto tipo de plátanos, caquis, kiwis...

–¿Te interesa la botánica, Serina? –le preguntó Lindy.

–Sí, mucho.

–La princesa escribe una columna semanal sobre jardinería.

–Entonces te encantará este sitio. El jardín es magnífico.

–Estoy deseando verlo –respondió Serina.

La estrecha carretera se convirtió en un sendero bordeado por árboles altísimos. Los árboles allí parecían crecer por todas partes, pensó.

Y Lindy tenía razón, eran magníficos.

–Ésa es una higuera de Moreton Bay, procedente de Queensland, Australia –dijo Alex–. Desgraciadamente, su fruto no es comestible.

Cuando llegaron a la puerta de la casa, Serina dejó escapar una exclamación. Era fabulosa. Alex detuvo el coche en un patio de piedra y Lindy bajó de un salto para abrirle la puerta.

–Gracias –murmuró ella, incómoda, mientras Alex sacaba las maletas y las dejaba en el suelo de gravilla.

–Gracias, Lindy. Nos vemos luego.

La joven sonrió, pero algo en su expresión hizo que Serina volviera a preguntarse por su relación con Alex.

–Muy bien, espero que disfrutes de tu estancia aquí.

Cuando se alejó, Alex la tomó del brazo.

–Bienvenida a mi casa.

–Es preciosa. Nunca había visto nada parecido.

Sus amigos vivían en casas muy elegantes, pero la de Alex era una reliquia del período colonial.

–Fue construida a finales del siglo XIX por un inglés que exportaba caballos a la India. Entonces se llevaban mucho las casas con veranda y creo que se pasó –bromeó él, inclinándose para tomar la maleta.

–Puedo llevarla yo.

–No pesa nada, no te preocupes –dijo Alex–. Lindy es la hija de mi antigua ama de llaves. Murió hace años, pero Lindy y yo crecimos juntos hasta que me enviaron al internado y, en cierto modo, es casi como mi hermana.

Estaba diciendo que Lindy no significaba nada para él, pensó Serina. Que no había ninguna relación romántica entre ellos.

Pero, a pesar de sus esfuerzos, no podía ser adulta y sofisticada sobre lo que sentía por aquel hombre.

–¿Cuántos años tenías entonces?

–Siete –Alex empezó a subir los escalones del porche y Serina subió tras él, sorprendida. Sabía que en Inglaterra era una costumbre enviar a los niños a internados, pero no sabía que los neozelandeses hicieran lo mismo.

–Cuando mi madre murió, mi padre volvió a casarse –siguió él–. Su nueva esposa no soportaba a un niño enfadado y resentido, así que me envió a un internado en cuanto le fue posible. Por eso Rosie y yo hemos tenido siempre una relación distante, sólo estábamos juntos en vacaciones.

Serina intentó imaginarlo de niño, lejos de su familia, de sus amigos, de su padre, la única constante en su vida.

—Me alegro mucho de que mis padres esperasen hasta que Doran y yo éramos adolescentes para enviarnos al colegio. Antes de eso teníamos tutores en casa.

—Yo creo que Rosie lo pasó peor.

—¿Por qué?

—Yo lo pasaba bien en el internado, pero cuando Rosie nació mi madrastra descubrió que no tenía un gran instinto maternal, ni siquiera con su propia hija. Y como mi padre era arqueólogo y apenas estaba en casa, la madre de Lindy era la única figura materna. Cuando murió, Rosie tenía ocho años.

Pobre Rosie, pensó ella.

El matrimonio de sus padres no había sido precisamente una unión feliz, pero al menos se habían portado bien con Doran y con ella.

—No tenía ni idea. En fin, al menos ahora tiene a Gerd y está claro que la adora.

—Sí, yo creo que se hacen felices el uno al otro.

El enorme vestíbulo estaba maravillosamente amueblado con antigüedades, sobre todo inglesas. Una soberbia escalera de madera labrada llevaba al segundo piso.

—Éste es tu dormitorio —dijo Alex, abriendo una puerta.

Era una habitación espaciosa, dominada por una cama enorme, con un balcón desde el que podía verse el jardín.

–Ya veo por qué me has asignado esta habitación. Quieres que lo sepa todo sobre las plantas de Nueva Zelanda.

–Mi abuela era artista –dijo Alex, señalando unas acuarelas–. Estos cuadros son suyos.

–¡Freda Matthews! –exclamó Serina al ver la firma en uno de los cuadros–. Pero si era una de las pintoras botánicas más famosas del siglo pasado...

Era absurdo pensar que aquello forjaba un lazo entre los dos, pero Serina no podía esconder su alegría.

–Murió antes de que yo naciera, así que no la conocí –Alex dejó su maleta en el suelo.

–Pero te dejó un legado magnífico.

–Sí, es cierto. A Rosie y a mí.

–Por supuesto –Serina rió, nerviosa.

–Ah, ahí está otra vez esa risa. Es contagiosa, ¿sabes?

Algo había ocurrido, un intercambio sin palabras cargado de sentido que la hizo dejar de sonreír.

Serina abrió mucho los ojos mientras él se acercaba, con el paso firme y seguro de un predador.

–Es muy sexy. Y cuando miras por encima del hombro hay algo... no sé qué es, pero me resulta irresistible.

Serina tragó saliva para deshacer el nudo que tenía en la garganta. Quería dejarle claro que no estaba preparada, pero cuando miró sus ojos, tan arrogantes, tan llenos de deseo, su instintiva protección se esfumó y suspiró cuando la tomó entre sus brazos.

La besaba suavemente, casi con ternura, y Serina quería ponerse de puntillas para devolverle el beso con toda su pasión.

–¿Esto es lo que quieres, Serina?

–Tú sabes que sí –murmuró ella, incapaz de mentir, aunque una parte de su cerebro intentaba enviar señales de alarma.

Alex la apretó con fuerza contra su pecho, apoderándose de su boca en un beso tan exigente que se le doblaron las rodillas. Y entonces se olvidó de todo salvo de la reacción de su cuerpo, de aquella rendición que la hacía olvidar todos los límites.

Cuando por fin se apartó, se dio cuenta de que Alex estaba tan excitado como ella. Y, a pesar de lo tumultoso de la pasión que sentía por aquel hombre, nunca se había sentido más segura en toda su vida.

Y ése era el peligro, pensó.

–Serina... –murmuró Alex, apoyando la barbilla en su frente–. Tenemos que parar.

Serina tuvo que contener una exclamación de protesta y, como si lo entendiera, él la abrazó en silencio durante unos segundos hasta que tuvo fuerzas para apartarse.

No podía leer nada en su rostro, los fríos ojos azules escondiendo sus emociones.

–Voy a ser sincera y a preguntarte por qué –le dijo.

–Porque es casi la hora de la cena y mi ama de llaves se preguntará qué demonios estamos haciendo.

Su risa sonó casi como un sollozo.

–No creo que le importe...

–Y porque no estás preparada –siguió Alex–. Hace un año nos miramos y nos deseamos de inmediato, pero no era el momento y no sé si lo es ahora. Noto cierta reserva en ti.

No era reserva. Lo que veía era su timidez natural, el pudor de una mujer que seguía siendo virgen.

¿Debería decírselo? No, pensó.

–No he venido aquí esperando tener una...

–¿Relación? No me gusta mucho esa palabra –dijo Alex, su tono frío, casi burlón–. ¿Una aventura? No es mucho mejor. ¿Qué esperabas exactamente al venir aquí?

–No lo sé –le confesó ella.

–Pero tu respuesta a mis besos debería convencerte de que hay algo entre nosotros. Lo que decidas hacer depende de ti, pero no lo niegues, Serina. Y no te preocupes, no estás en peligro. Yo sé controlarme y estoy seguro de que tú también.

El tono irónico levantaba una barrera dolorosa cuando debería haberla hecho sentir más segura.

–La cena estará lista dentro de poco. Vendré a buscarte en veinte minutos.

Cuando se marchó, el recuerdo del beso quedó colgado en el aire, como la rosa que había guardado en su maleta. Suspirando, Serina sacó el capullo, envuelto en papel de seda. Estaba descolorido, pero cuando iba a tirarlo a la basura algo la detuvo. Sonriendo por su debilidad, volvió a guardar la ahora triste rosa.

–Una ducha –se dijo a sí misma.

¡Como si así pudiera borrar el recuerdo de sus besos! Tenía la impresión de que se quedarían con ella toda la vida. Era la primera vez que experimentaba esa pasión, una que no podía controlar.

El baño de la habitación era pequeño, pero tenía todo lo que pudiera necesitar y, de nuevo, se preguntó cuántas mujeres habrían pasado por aquella habitación. Cuántas mujeres habrían pasado por los brazos de Alex.

No era considerado un playboy pero, aparte de la señorita Antonides, la prensa lo había conectado con varias mujeres, todas bellezas y casi siempre empresarias.

Nada parecido a ella, pensó Serina, abriendo el grifo de la ducha.

Pero entonces sacudió la cabeza. Ella no tenía un título universitario, era cierto. Había tenido que olvidarse de eso cuando sus padres murieron en un accidente, dejándolos a Doran y a ella con una montaña de deudas. Había salvado lo que pudo, pero tuvo que venderlo casi todo para que Doran terminase sus estudios en un colegio carísimo. Y convertirse en la musa de Rassel le había dado dinero suficiente para pagarle la universidad a su hermano. Pero no había quedado suficiente para ella.

Por eso la obsesión de Doran con aquel juego de

ordenador le parecía tan exasperante. Una vez lo regañó por perder tanto el tiempo y su hermano respondió que algún día cuidaría de ella. Y, aunque eso la emocionó, intentó convencerlo de que no iba a pasar. Eran las grandes compañías las que sacaban al mercado esos juegos tan caros, no los aficionados.

En fin, Doran lo estaba pasando de maravilla en Vanuatu, así que podía dejar de preocuparse por él. Por el momento, al menos.

Serina paseó por la habitación después de ducharse, admirando las preciosas acuarelas. La abuela de Alex tenía un gran talento, pensó. Las flores que pintaba parecían reales, casi como si pudiera tocarlas.

Entonces sonó un golpecito en la puerta y, cuando abrió, vio a Alex al otro lado. Alex, que miró sus brazos desnudos.

–Tal vez deberías ponerte una chaqueta. Por las noches refresca.

–Muy bien –murmuró ella. Mientras sacaba una pashmina de la maleta se dijo a sí misma que los besos de Alex la estaban convirtiendo en otra mujer, una mujer irritantemente sensible a sus miradas, a cualquier tono de voz. Una mujer que se encontraba suspirando cada vez que lo veía sonreír como si fuera una damisela del siglo pasado.

Ni Alex ni ella querían una copa antes de cenar, de modo que pasaron directamente al comedor. El ama de llaves, Caroline Summers, era una mujer de cuarenta años con una sonrisa agradable y una actitud competente que le gustó de inmediato.

Y era una cocinera estupenda, además. Serina disfrutó mucho de su entrante de mejillones con beicon y almendras.

–Es uno de mis platos favoritos –dijo Alex–. En la presentación del vino noté que te gustaba el pescado, así que espero que los disfrutes.

–Están riquísimos. ¿Es un plato típico del país?

–No sé de dónde ha sacado Caroline la receta. Tal vez se la ha inventado. Pregúntaselo cuando vuelva.

–Es una cocinera estupenda.

–Sí, desde luego. Cualquier día se marchará para abrir su propio restaurante, pero mientras tanto intento aprovecharme. Su marido es el capataz de la granja.

Serina siguió haciéndole preguntas mientras comían, disfrutando del sonido de su voz, de sus manos morenas en contraste con el mantel blanco, del fuego en la chimenea, del silencio del campo a su alrededor...

Descubrió que Haruru había sido una herencia de su padre, que Gerd y su hermano Kelt compartían con él un mismo bisabuelo. Y dedujo que, aunque Alex consideraba Haruru como un hogar, su empresa lo mantenía demasiado ocupado como para pasar mucho tiempo allí.

Y descubrió también que Haruru en maorí significaba «rugido».

–Hay una cascada en las colinas cuyo rugido se puede oír a mucha distancia.

–¿Cómo es posible?

Alex se encogió de hombros.

–Es tierra volcánica y seguramente la acústica es diferente.

Sí, estaba descubriendo muchas cosas sobre Alex Matthews y sobre su casa en Haruru. Pero, sobre todo, descubrió que la atracción que sentía por él era cada vez más profunda, convirtiéndose en algo oscuro y peligroso, algo que podría romperle el corazón.

Capítulo 6

ESA NOCHE, Serina durmió bien y, a la mañana siguiente, Alex le enseñó el jardín de la casa. Pero, por primera vez, no podía concentrarse en la belleza de las flores y las plantas. Su atención estaba fija en el hombre que iba a su lado.

Y se preguntó si aquello que sentía por Alex iba a hacerla olvidar el placer que siempre había encontrado en los jardines.

Aunque no podía ser amor...

«No, qué tontería».

No podía enamorarse de Alex. Él había dejado bien claro que la atracción que había entre ellos era sólo eso, una atracción física.

Fue un alivio subir al Land Rover para visitar la granja. Desde la carretera podía ver las verdes colinas y el océano Pacífico, de un azul brillante.

–Mañana iremos a la playa –dijo Alex–. Espero que hayas traído bañador.

–Sí, claro. Pero no hace falta que me hagas compañía. Mañana podría alquilar un coche para visitar los jardines que aparecen en la guía que me diste.

–¿Estás acostumbrada a conducir por la izquierda?

–Sí, no te preocupes –murmuró Serina, intentando no mirar la pendiente que llevaba hasta la casa. No quería que viera que estaba nerviosa, pero Alex debió de notarlo porque levantó el pie del acelerador.

–¿Cuándo?

–Solía visitar a Doran cuando estaba estudiando en Inglaterra. Y cuando nuestra niñera estaba enferma solía ir a Somerset a verla.

Y en otras ocasiones, cuando estaba viendo jardines y entrevistando a sus propietarios.

–Así que tienes experiencia en ambos lados de la carretera.

–Y soy una conductora muy cautelosa.

–No hace falta que alquiles un coche, yo puedo llevarte.

–No puedo pedirte que hagas eso...

–Tú no me lo has pedido, lo he sugerido yo –Alex dio un volantazo cuando un pájaro saltó repentinamente frente al Land Rover–. Por cierto, nunca intentes evitar a un animal. Probablemente muere más gente intentando hacer eso que golpeando algo en la carretera.

–Pero es un instinto humano no matar a un pobre animal.

–Sí, lo es, pero hay que controlarse. Y tú sabes controlarte a ti misma.

Serina se puso colorada. Salvo cuando él la tocaba...

–A menos que se trate de una persona, e incluso entonces, debes calcular las consecuencias.

–Espero no tener que hacerlo nunca –murmuró

ella–. Pero en serio, no tienes que llevarme a ningún sitio, imagino que tendrás muchas cosas que hacer. Compraré un mapa y te aseguro que no me perderé.

–No te preocupes, tengo tiempo libre –cuando Serina iba a protestar de nuevo, Alex hizo un gesto–. Yo conozco a la gente de por aquí. Muchos tienen jardines, pero la mayoría no están abiertos al público.

–Muy bien, como quieras –asintió ella, secretamente encantada–. Por cierto, a veces hablas como mi padre.

–Pero yo no me siento como tu padre. Ni como tu hermano.

Serina miró sus manos sobre el volante, con el corazón latiendo a toda velocidad. Alex Matthews era un empresario, un ejecutivo, pero sus manos eran fuertes y competentes. Y cuando las imaginó sobre su piel sintió un calor que nacía de dentro.

Poco después, él detuvo el Land Rover frente a un rebaño de ovejas y Serina vio a una de ellas tumbada en el suelo, una de sus patas patéticamente estirada.

–¿Son tuyas?

–Sí, son de mi granja.

–¿Y qué le pasa a esa pobrecita?

–Le pesa mucho la lana y no puede levantarse. Se moriría si la dejásemos así –Alex saltó la cerca–. Quédate aquí, yo me encargo de ella.

Pero Serina saltó la cerca tras él. El resto del rebaño se alejó al verlos llegar, pero se detuvieron a cierta distancia mirando a los dos intrusos con curiosidad.

La pobre oveja empezó a balar como protesta cuando Alex se inclinó a su lado y Serina vio que, casi como si no representara esfuerzo alguno, levantaba al animal. La oveja jadeaba por el esfuerzo, pero parecía capaz de mantenerse sobre las patas... no, el pobre animal trastabilló bajo el peso de la lana y Alex tuvo que sujetarla de nuevo.

–Si la sujetamos entre los dos durante unos minutos, a lo mejor recupera el equilibrio –sugirió Serina.

–Probablemente, pero te ensuciarías las manos.

–Por favor... que no soy una delicada princesita –bromeó ella.

Riendo, Alex asintió con la cabeza.

–En ese caso, agradecería mucho tu ayuda. Hay que esquilarlas mañana y, si podemos sujetarla un rato, todo saldrá bien.

Era algo curiosamente íntimo estar sujetando al pobre animal y Serina tuvo que disimular una sonrisa al preguntarse cuántas de las mujeres que habían pasado por la granja se habrían acercado tanto a una oveja.

Con una camisa de cuadros con las mangas subidas hasta el codo, mostrando unos antebrazos fuertes y morenos, y unos pantalones de pana que destacaban sus poderosos muslos, Alex le sacaba varios centímetros.

Acostumbrada a mirar a la mayoría de los hombres a los ojos debido a su estatura, Serina se sentía extrañamente protegida estando con él.

Pero el silencio estaba cargado de tensión y tenía que romperla de alguna forma...

–Yo pensaba que los granjeros en Nueva Zelanda siempre iban con un montón de perros.

–Normalmente uno o dos. Pero yo no soy granjero, soy empresario. No tengo perro porque no paso mucho tiempo aquí y los perros necesitan compañía para sentirse felices. Lamentablemente, trabajo demasiado.

–¿Es por eso por lo que no te has casado?

–No, cuando... si me caso organizaré mi vida de otra manera. ¿Por qué sigues tú soltera?

–Aún tengo tiempo –dijo Serina.

–Desde luego que sí –Alex sonrió, la clase de sonrisa que debería haberla hecho salir corriendo y que, sin embargo, la excitó de nuevo.

Aquella atracción era algo mutuo, evidentemente, y ella había decidido dejar que ocurriera lo que tuviese que ocurrir.

Entonces, ¿por qué no estaba flirteando con él, haciéndole saber de alguna forma sutil que estaba dispuesta a...?

¿Estaba dispuesta a qué?

Serina se dio cuenta entonces de que deseaba algo más sólido y duradero que un simple flirteo. Quería que la conquistase, como una doncella victoriana con la cabeza llena de sueños absurdos.

Pero en su mundo la gente respondía a una atracción lanzándose a una aventura. A veces se casaban, pero cuando la pasión se terminaba a menudo rompían para volver a empezar el proceso con otra persona.

El amor era una aberración temporal y el matrimonio una alianza hecha por razones prácticas.

Salvo algunas excepciones, como en el caso de Rosie y Gerd, claro. Pero, aunque les deseaba toda la felicidad del mundo, no podía dejar de preguntarse cuánto tiempo duraría.

Cuando levantó la cabeza Alex estaba mirándola y algo en su expresión hizo que su corazón se volviera loco.

–¿Qué ocurre? ¿Por qué me miras así?

–Estaba admirando cómo el sol le da reflejos azules a tu pelo. Pero buscaré un sombrero para ti cuando lleguemos a casa, el sol aquí puede quemar incluso en invierno.

–Gracias.

–Y sería un crimen quemar esa piel tan delicada –tomándola por sorpresa, Alex se inclinó un poco para darle un beso en la nariz.

Serina contuvo el aliento. De repente, el sol le parecía más radiante, los colores más vívidos, el canto de los pájaros más musical. Incluso experimentó una ola de calor.

Hasta que Alex dijo:

–Bueno, vamos a ver si esta chica puede sujetarse hasta mañana. Suéltala y da un paso atrás.

Un poco decepcionada, Serina obedeció.

La oveja pareció trastabillar de nuevo, pero cuando Alex puso una mano sobre su lomo el animal permaneció de pie. Unos segundos después, inclinó la cabeza, y olvidándose por completo de ellos, se puso a pastar tranquilamente.

–¿Qué pasará si vuelve a caerse?

–Le diré al marido de Caroline que eche un vistazo hasta mañana.

Alex tomó su mano y la ayudó a saltar la cerca, un gesto que le pareció extrañamente íntimo. Y antes de subir al Land Rover la tomó por la cintura, mirándola a los ojos.

En silencio, preguntándose qué hacían otras mujeres para demostrar que estaban dispuestas a tener una aventura, Serina apoyó la cara en la columna de su cuello, poniendo los labios sobre la piel masculina.

Alex se puso tenso, pero no se apartó.

–¿Estás segura?

–Estoy segura –murmuró ella. Pero su voz había sonado tan débil que, para que no hubiese dudas, levantó la cabeza para mirarlo–. ¿Cuántas veces vas a preguntarme si estoy segura?

–Hasta que *yo* esté seguro.

Se le encogió el estómago, pero era demasiado tarde para pensárselo mejor porque Alex estaba inclinando la cabeza.

Y el beso fue todo lo que había ansiado secretamente. Era como si estuvieran sellando un pacto.

Alex deslizó el brazo con el que sujetaba su cintura para presionar sus caderas contra él. Su fiera respuesta a la erótica presión la hizo suspirar y él se aprovechó inmediatamente, sus besos llevándola a un mundo desconocido donde reinaban los sentidos.

Abandonándose al deseo, se apretó contra su pecho, una parte desconocida de ella disfrutando al perderse en aquel mundo sensual y desconocido.

Fue una sorpresa cuando lo oyó decir, con voz ronca de pasión:

–Viene alguien.

Era cierto, un coche se acercaba por el camino.

–¿Quién es?

–Lindy.

Serina se dio cuenta de que no había estado equivocada. Con la intuición de una mujer en una situación equívoca, había sabido que Lindy deseaba a Alex. Podrían haber sido criados como hermanos, pero no era así como lo veía Lindy.

Intentó sentir pena por ella, pero cuando una vieja camioneta se detuvo a su lado tuvo una especie de premonición. Y no de las buenas.

–¿Se puede saber qué estáis haciendo?

–Una de las ovejas se había caído. La hemos levantado, pero sigue muy floja.

–Ah, pobre Serina –dijo Lindy, riendo–. Menuda presentación. Las apestosas ovejas no son muy románticas, ¿verdad? Bueno, da igual, dile a Alex que te invite a cenar.

Después de despedirse con la mano, volvió a arrancar, dejando tras ella una nube de piedrecillas.

–¿Te gustaría ir a cenar a algún sitio?

–No sé si sería buena idea. Aunque anoche dormí muy bien, ahora mismo estoy agotada.

–Entonces cenaremos tranquilamente en casa y ya

veremos cómo te sientes mañana –murmuró Alex, con un brillo burlón en los ojos.

La llegada de la otra mujer había ensombrecido la tarde para Serina, pero tenía que disimular.

–Me gustaría hacer unas fotografías en tu jardín, si no te importa –le dijo cuando llegaron a casa.

–La verdad es que prefiero que no hables de mi jardín en tu columna.

–Lo sé y no lo haré, no te preocupes. Sólo quiero hacer unas fotografías para mí.

–¿Siempre haces tú las fotografías? ¿No hay un fotógrafo en la revista?

–Al principio las hacía otra persona, pero ahora las hago yo –contestó ella–. Cuando trabajaba para Rassel conocí a muchos fotógrafos famosos y empecé a probar por mi cuenta. Y tuve suerte porque uno de ellos se interesó por mi trabajo. Era un poco cruel, pero aprendí mucho.

Alex asintió con la cabeza.

–Yo tengo que hacer unas llamadas, así que estaré ocupado durante un par de horas. Disfruta del jardín.

Nerviosa, Serina subió a su habitación para buscar la cámara, sin dejar de pensar en aquel beso.

Alex la besaba como un amante, pensó, cerrando los ojos un momento.

Pero no era su amante. Si existía, el amor verdadero sólo podía nacer cuando uno conocía íntimamente a la persona que amaba, cuando confiaba en ella y sabía que no iba a decepcionarla.

Como Rosie y Gerd, que se conocían desde niños

mientras Alex y ella sólo se habían visto en un par de ocasiones antes de embarcarse en aquel absurdo viaje.

Sin embargo, había sentido una atracción inmediata y, aparentemente, Alex también. Y había confiado lo suficiente como para ir a Nueva Zelanda con él.

Pero su reacción cuando le preguntó si podía hacer fotografías en su jardín era tan extraña...

Estaba claro que no confiaba en ella. ¿Y por qué no quería que hablase de su jardín en la revista?

Era una tontería sentirse herida, pero no podía evitarlo.

Lo único que sentía por él, lo único que podía sentir, era un loco e irrefrenable deseo. Sólo con pensar en Alex su cuerpo despertaba a la vida como si estuviera cargado de electricidad y cuando estaba con él... bueno, cuando estaba con él perdía la cabeza.

Deseo, se dijo a sí misma. No amor.

–Olvídate de Alex –dijo entonces, asustando a un pajarillo que se posó sobre una rama, mirándola con sus ojillos negros y regañándola con sus furiosos trinos. Riendo, Serina levantó la cámara y le hizo una fotografía.

Pero, aunque intentaba concentrarse en lo que hacía, no dejaba de pensar en cómo la había abrazado Alex...

No, antes, cuando tomó su mano para saltar la cerca. No sabía por qué, pero que hubiera apretado su mano satisfacía un anhelo que no reconocía...

¿De qué?

¿De romance?

Suspirando, volvió al interior de la casa para inspeccionar las fotografías en el ordenador. Algunas habían salido realmente bien, tan bien que envió un par de ellas a su editora como ejemplo.

Después, miró en el armario para decidir lo que iba a ponerse para la cena y eligió un vestido negro. La discreción personificada, pensó irónicamente, elegante y sencillo, aunque destacaba su piel y el brillo de sus ojos.

Además, no serviría de nada desear haber llevado algo más atrevido o llamativo, algo que destacase el cambio que se había operado en ella.

Haciendo una mueca frente al espejo, Serina se sujetó el pelo con un prendedor. Seguramente Alex no se pondría nada demasiado especial para una cena en casa, pero la verdad era que no tenía ni idea de cómo vestían los neozelandeses en tales ocasiones.

La noche anterior había llevado un sencillo pantalón y una blusa y fue un alivio ver que Alex también llevaba un atuendo informal. Además, era una tontería pensar que algo había cambiado por un simple beso.

Sentía mariposas en el estómago mientras salía de la habitación, pero el revoleteo se convirtió en un tornado cuando se encontró con Alex en el piso de abajo. Afortunadamente, llevaba una camisa de lino y un pantalón bien cortado, pero sin corbata o chaqueta.

—Dime una cosa, ¿es una cuestión de entrenamiento o sabes por instinto lo que debes ponerte para cada ocasión?

–Ah, qué cumplido tan bonito.

Riendo, Alex abrió la puerta del comedor.

–Ésa no es una respuesta.

–Es que no tengo una repuesta. Elijo lo que me parece apropiado para cada ocasión, sencillamente.

–Y esta noche has decidido ser elegante y chic.

–¿Por qué siempre tengo la impresión de que estás poniéndome a prueba? –le preguntó Serina entonces.

Alex ya sabía que no era la princesa superficial y frívola que había creído, pero le sorprendió que dejase a un lado su natural reserva para hacer una pregunta tan directa.

–Tienes una imaginación muy activa. Y me gusta ver que te pones colorada, es una reacción encantadora.

¿Cuántos hombres habrían provocado esa reacción? ¿El fotógrafo que había sido cruel pero útil? Ese pensamiento lo enfureció por alguna razón desconocida.

–¿Qué quieres tomar?

–Una copa de vino, por favor.

Alex, sin embargo, abrió una botella de champán.

–Es de la bahía Hawkes, una zona vitivinícola muy conocida. Como los de Aura y Flint, la mayoría de los viñedos de Northland producen vino tinto, pero este champán es de muy buena calidad.

Serina tomó un sorbo y asintió con la cabeza.

Alex observó sus labios envolviendo el borde de la copa y sintió una reacción inmediata en la entrepierna. Cínicamente, pensó que para ser alguien que nunca había dado ningún escándalo, Serina de Montevel conocía todos los trucos.

Y besaba como una hurí. Había aprendido eso de algún hombre... o de varios. Aunque su princesa era muy discreta.

Pero no era *su princesa*, pensó, molesto consigo mismo.

Serina dejó la copa sobre la mesa y lo miró a los ojos.

–Por cierto, tengo que hacerte una confesión. He hecho unas fotografías en tu jardín y se las he enviado a mi editora como un ejemplo, para que vea las flores que se dan en esta zona del mundo. Pero le he dejado claro que no eran para publicación.

–Espero que así sea –dijo él.

–Sabe que no son para publicar –repitió Serina, tomando otro sorbo de champán. Y Alex notó que lo paladeaba como si fuera una experta.

Perfectamente entrenada, pensó. Y luego se preguntó por qué, si lo único que quería era besarla, seguía buscándole defectos. Era ridículo.

Pero sólo con mirarla se volvía loco y no podía dejar que aquel deseo tan inusual lo hiciera olvidar su sentido común.

Una hora antes había hablado con Gerd y había descubierto que, aunque Doran parecía feliz explorando los arrecifes de Vanuatu, sus amigos habían aparecido en uno de los pueblos de la costa, en la región fronteriza entre Carathia y Montevel.

Supuestamente, de vacaciones.

¿La princesa Serina había tomado la sorprendente decisión de ir con él a Nueva Zelanda para que no la relacionasen con el intento de golpe de Estado? Tenía razones para creer que su hermano había ido a Vanuatu por esa razón.

Gerd le había contado que el agente infiltrado en el grupo se había visto obligado a desaparecer a toda prisa después de levantar sospechas. A partir de aquel momento, tendrían que trabajar asumiendo que el grupo conocía la existencia de un espía...

¿Qué sabría Serina de todo aquello?, se preguntó. Había usado el correo electrónico para enviar las fotografías a su editora. ¿Se habría puesto en contacto con Doran también?

Entonces miró su rostro, sereno, hermoso y tentador.

Su explicación sobre las actividades de Doran era casi creíble, pero no había sido lo bastante persuasiva como para convencerlo del todo. Según el infiltrado, había muchas posibilidades de que supiera lo que Doran y sus compinches estaban tramando.

Con el espía desaparecido, el servicio de inteligencia de Gerd no tenía manera de saber más sobre el asunto pero, por lo que habían descubierto, el grupo estaba a punto de dar el primer paso.

Tal vez era el momento de descubrir si Serina estaba dispuesta a sacrificarse para la causa.

Se perderían vidas si el grupo seguía adelante y, aunque no tenía la menor simpatía por los que creían que el fin justificaba los medios, Alex sospechaba que en aquella ocasión podría estar justificado.

Además, aunque Serina parecía tímida, no era una ingenua y no esperaría que una aventura llevase al matrimonio. Su padre, un notorio libertino, le habría enseñado que tales aventuras sólo eran algo transitorio.

Y él no estaría fingiendo, en cualquier caso. Desde que la conoció, la princesa Serina le había parecido muy atractiva y le gustaba estar con ella.

Muchas relaciones satisfactorias, pensó cínicamente, habían empezado con menos que eso.

Capítulo 7

RECELOSA y desconcertada por el silencio de Alex, Serina tomó otro sorbo de champán.

–¿Qué te parece si hablo con algunos de los vecinos para pedirles que te dejen fotografiar sus jardines? Incluso podría ir contigo.

Ella vaciló, aunque no sabía por qué. Era una sugerencia muy lógica, pero algo le pedía que tuviese cuidado, que mantuviera su independencia. Pasar largas horas en el coche con Alex podría debilitar mucho más su resistencia...

¿Qué resistencia?, se preguntó entonces. Se había rendido en sus brazos por completo esa tarde.

¿Qué habría pasado si Lindy no hubiera aparecido?

Nada, se dijo a sí misma. Alex era un hombre sofisticado y no podía imaginarlo haciendo el amor en un Land Rover o sobre la hierba, delante de las ovejas.

Esa idea debería haberla hecho sonreír, pero de repente sintió un calor extraño.

–Sí, muy bien. Gracias por ser tan considerado.

–Será un placer –dijo él, con un brillo burlón en los ojos–. ¿Te gusta el champán?

–Sí, es delicioso.

–¿Sabes mucho de champán?

–Mi padre era un gran conocedor e hizo lo posible para que Doran y yo lo fuésemos también.

La bodega de su padre y las joyas de su madre habían ayudado a pagar las deudas. Pero vender la casa, con su magnífico jardín, no había sido suficiente. Lo único que había podido salvar era la tiara de su madre, falsa descubrió después, y el telescopio de su padre.

–Eso había oído –dijo Alex.

Serina se preguntó entonces qué más cosas sabría sobre su padre. ¿Sabría también que había sido un famoso mujeriego?

–Y, por supuesto, a cualquiera que le guste el vino sabe que Nueva Zelanda produce un vino nuevo muy interesante y que ha ganado muchos trofeos.

Siguieron charlando y, aunque lo estaba pasando bien, cada mirada de esos ojos azules estaba cargada de una potente sensualidad. Concentrado en ella, intenso, Alex despertaba sus sentidos, haciendo que notase el timbre ronco de su voz, la gracia masculina de sus movimientos...

Después de la cena tomaron café en la biblioteca y Serina se dio cuenta de que estaba flirteando con él. No con su comportamiento, sino con ciertas miradas, gestos que le salían de forma natural pero que no eran suyos.

«Ya está bien», se dijo a sí misma después de una pausa que había durado más de lo necesario. Si seguía así, acabaría pidiéndole que volviera a besarla.

O que la llevase a su cama.

Pero tuvo que hacer un esfuerzo ímprobo para levantarse del sofá de piel, frente a la chimenea.

–Sospecho que aún no me he librado del jet lag. Sé que debería permanecer despierta, pero si no me voy a la cama, me voy a quedar dormida aquí mismo.

Alex se levantó también y el renovado impacto de su estatura fue un estímulo más potente que el champán.

Temiendo que se diera cuenta de esa mezcla de deseo, anhelo y miedo, Serina mantuvo la mirada fija en la arrogante mandíbula masculina.

–Gracias por la cena, ha sido estupenda. Y la charla aún mejor.

Pero cuando iba a darse la vuelta, una mano en su hombro la detuvo. Con el corazón acelerado, abrió la boca para protestar, pero volvió a cerrarla para mirarlo a los ojos.

Y en los ojos de Alex había un reto que la hizo temblar.

–Dime lo que quieres –dijo él.

Serina tragó saliva, atónita por la confianza que tenía en un hombre al que apenas conocía.

–Tú lo sabes –murmuró, en un tono que nunca antes había usado.

Alex llevó aire a sus pulmones y, sin darse cuenta,

Serina dio un paso adelante para echarse en sus brazos.

—Mírame —dijo él entonces.

Serina obedeció, abandonando toda cautela cuando vio su mirada cargada de deseo.

Era demasiado pronto para rendirse, pensó vagamente, pero cuando su boca se apoderó de la suya dejó de pensar, cediendo ante el puro y carnal instinto que tiraba las barreras de su voluntad para dejar que su cuerpo disfrutase de lo que deseaba, de lo que había deseado tan desesperadamente después del primer beso.

No, incluso antes de eso, aunque no lo había admitido hasta aquel momento. Desde que se conocieron un año antes, Alex Matthews había despertado un ansia desconocida que esos meses de separación sólo habían aumentado.

Los labios de Alex abrieron los suyos, persuasivos. Temblando deliciosamente ante la silenciosa invitación, Serina aceptó y, al sentir la invasión de su lengua, se movió contra él, su cuerpo exigiendo la satisfacción que aún no había experimentado nunca.

Alex la envolvió en sus brazos, poniéndola en íntimo contacto con su cuerpo. Sentía como si se hubiera desatado un incendio en su interior; un incendio que convertía en cenizas todas las convicciones que la habían mantenido virgen hasta ese momento.

Él levantó la cabeza y Serina suspiró mientras, sin pensar, mordía suavemente su cuello.

—Serina...

La manera en que pronunciaba su nombre, con una voz cargada de pasión, era más maravillosa que la música más exquisita. Dejándose llevar por el instinto, besó la piel que había mordido, inhalando el suave aroma que era sólo suyo.

–Alex –murmuró. Y luego dijo, en el idioma de sus antepasados–. Tu beso me ha robado el alma...

–¿Qué estás diciendo?

Serina abrió los ojos entonces, sorprendida. No se había dado cuenta de que no hablaba en su idioma.

–Es de una vieja canción de mi país. Mi niñera me la enseñó...

Si aquello era lo que hacía el deseo, romper las barreras de tu mente para que escaparan todos tus secretos, resultaba aterrador.

Y el amor tenía que ser aún peor, una revelación total. ¿Cómo podía nadie soportarlo?

Cerrando los ojos, Serina tragó saliva.

–Tradúcemelo –dijo él.

Desde que tuvo edad suficiente para entender la pasión que encerraban esas simples palabras se negaba a creer que nadie pudiera sentirse tan desesperadamente enamorado. Y ahora que sabía que ella misma podía sentirse así, sus labios parecían sellados.

–Muy bien, no quieres decírmelo, de acuerdo. Pero puedes dejar de esconderte.

Ella intentó sonreír, pero apenas le salió una mueca.

–No es nada importante. Si le quitas la música, se convierte en la misma tontería sentimental de las canciones pop. ¡Y yo no pienso ponerme a cantar!

Alex rió.

—Parece que sólo los poetas pueden hacerle justicia a nuestras más profundas emociones. Pero sea lo que sea lo que decía esa canción tuya, el sentimiento es mutuo.

Y, de nuevo, la besó. Sus besos anteriores la habían llevado a un sitio desconocido en el que no podía aplicar las reglas por las que había vivido toda su vida. Aquél era tan francamente carnal que hizo que le diese vueltas la cabeza.

Prisionera de un peligroso deseo, se derritió contra su pecho, sintiendo que contenía el aliento. No sabía lo que sentía por ella, pero estaba claro que tampoco él podía esconder su deseo.

Cuando levantó la cabeza pensó que iba a parar, pero Alex empezó a besar su garganta y cuando encontró el vulnerable hueco en la base y lo besó, Serina empezó a temblar.

Se le doblaban las rodillas ante las sensaciones urgentes y salvajes mientras mordisqueaba su cuello, haciéndola suspirar. Y, en su corazón, supo entonces que había nacido para esas caricias.

Para aquel hombre...

Y eso la asustó de tal modo que no podía respirar.

Alex levantó la cabeza y, mirándola a los ojos, levantó una mano para acariciar sus pechos.

El deseo que sintió entonces, salvaje y febril, era tan nuevo que bajó las pestañas para esconderse de su mirada.

Pero él le ordenó:

–Mírame.

–No, no puedo...

–Sí puedes, Serina.

–Alex –murmuró ella, incapaz de decir nada más, agarrándose a su nombre como a un salvavidas en un mar turbulento.

Y entonces él inclinó la cabeza de nuevo y buscó sus labios.

El beso era urgente y poderoso. Por dentro se sentía ardiendo, su cuerpo preparándose para el mayor de los asaltos. Y cuando puso una mano en sus caderas para apretarla contra él, supo que, si no seguía los dictados de su corazón, lo lamentaría siempre. Daba igual lo que pasara, deseaba aquello, deseaba a Alex con una desesperación que hacía imposible rechazarlo.

Dejó de respirar al notar que rozaba uno de sus pezones con un dedo, haciendo círculos sobre él, enviando dardos ardientes por todo su cuerpo.

Pero necesitaba algo... algo más. Sin darse cuenta, arqueó la espalda, presionando la curva de sus pechos contra su mano.

Sonriendo, Alex repitió el movimiento y el impacto le llegó hasta la planta de los pies, pero no se apartó. Siguió apretándose contra su mano, respirando con dificultad mientras él la atormentaba rozando la sensible piel con el dedo.

Olas de placer parecían crecer dentro de ella, pero empujándolas había una emoción más perdurable que el deseo. De alguna forma, sin darse cuenta, se había enamorado de Alex.

Sabiendo que ese amor no era correspondido.

Serina pensó que debería tener miedo, que debería sentir algo extraño además de aquella sensualidad que le dio valor para abrir los ojos cuando el beso terminó.

Los de Alex brillaban como zafiros en sus bronceadas facciones y su pulso se aceleró al ver en sus labios la evidencia de la fiera respuesta a sus besos.

Sin darse cuenta, estaba acariciando su espalda y siguió hacia abajo, tocándolo como no había tocado nunca a ningún hombre.

–¿Estás segura? –repitió él.

–Muy segura –contestó Serina. ¿Podía ésa ser su voz, vibrante de promesas?

¿Y no debería decirle que todo aquello era nuevo para ella?

Sería lo más justo.

–Yo nunca... –empezó a decir, pasándose la lengua por los labios–. Yo no...

–¿No tomas la píldora? –la interrumpió Alex–. No te preocupes por eso, yo tengo preservativos.

Era lógico que tuviera preservativos, pensó ella. Seguramente habría hecho el amor con muchas mujeres en esa casa.

–¿Necesitas tiempo para prepararte?

Serina levantó las cejas.

–¿Como si fuera una novia victoriana? –le preguntó.

Y después de hacerlo se preguntó a sí misma por qué había usado esa expresión. Aunque era así como se sentía: asustada, un poco avergonzada y, sin embargo, ansiosa, anhelando lo que iba a pasar.

Pero aún no le había dicho que no tenía ninguna experiencia.

Abrió la boca para hacerlo, pero él la detuvo con un beso y Serina olvidó lo que iba a decir, se olvidó de todo salvo del deseo elemental de hacer el amor con aquel hombre.

—No creo que seas una novia victoriana —dijo luego—. Iremos a tu dormitorio, si te parece —añadió, tomándola en brazos.

—Oye, que peso mucho.

—No, eres muy alta, pero no pesas nada.

Apretada contra su corazón, Serina se sintió más segura que nunca en toda su vida.

Alex la dejó en el suelo cuando llegaron a la puerta de la habitación para empujar el picaporte. Había una lamparita encendida y Serina le hizo un gesto para que entrase.

—Bienvenido —le dijo con voz ronca.

Y luego se sintió como una tonta. Al fin y al cabo, aquélla era su casa.

—Gracias —Alex sonrió—. Vuelvo enseguida.

Ah, claro, el preservativo.

¿Por qué no había elegido su propia habitación para hacer el amor?, se preguntó mientras cerraba la puerta. Tal vez no le gustaba compartirla con nadie...

Ella no sabía cómo comportarse, probablemente

por primera vez en su vida, y allí no estaban ni su madre ni su gobernanta para decirle lo que debía hacer.

Era ella y el hombre del que estaba enamorada, el hombre al que deseaba con todo su corazón y con todas las importunas células de su cuerpo.

Un golpecito en la puerta la sobresaltó pero abrió enseguida, intentando calmarse.

—Hola —dijo Alex.

—Hola —murmuró ella, mirando fijamente su torso mientras buscaba algo que decir—. Cuando era pequeña, mi niñera siempre dejaba la luz encendida para que no estuviera a oscuras.

—¿Tenías pesadillas?

—Sí, las tenía. Y me temo que sigo teniendo que dejar una lucecita encendida.

—¿Por qué miras fijamente los botones de mi camisa?

Esa pregunta hizo que levantara la cabeza.

—No lo sé...

Alex tomó su mano para ponerla sobre su pecho y Serina notó los fuertes latidos de su corazón.

—Tal vez te gustaría desabrocharlos —sugirió, burlón.

Serina aceptó el reto y, sintiéndose atrevida después de desabrochar los primeros botones, empezó a acariciar su torso. Su piel era tersa y el vello que cubría su torso, muy suave. Disfrutaba tanto de la novedad de explorarlo que, valientemente, desabrochó el resto de los botones y tiró de la camisa para quitársela.

El único adjetivo que se le ocurría era «magnífico». La luz de la lamparita brillaba sobre una piel
morena, perfecta. A su lado se sentía pequeña y delicada, incluso frágil. No podía hablar, no podía pensar y le temblaban las manos.

–No tengas miedo.

–No lo tengo. Es que estoy... abrumada.

Alex besó su hombro.

–Entonces, ahora me toca a mí sentirme abrumado.

Desabrochó la cremallera del vestido y el sujetador casi sin que ella se diera cuenta, mostrando lo familiares que le resultaban las prendas femeninas.

Serina se refugió en el silencio cuando el vestido
se deslizó por sus hombros, dejándola con el sujetador y las braguitas negras de encaje y las medias de
seda.

–Eres tan... increíble, peligrosamente bella –dijo
él, con voz ronca, mirando las medias negras y los
zapatos de tacón–. Pero tal vez estarías más cómoda
si te quitaras los zapatos.

Fue fácil quitárselos, pero Serina dejó escapar un
gemido cuando Alex clavó una rodilla en el suelo
para quitarle las medias, sus manos deslizándose
desde la pantorrilla hasta el muslo, haciéndola temblar.

Alex esbozó una sonrisa tensa, casi salvaje, que le
provocó un escalofrío.

Se incorporó luego para darse la vuelta y, sin decir
nada, Serina lo vio apartar el embozo de la cama. In-
segura, pero sabiendo que había llegado a un sitio en

el que quería estar, lo miró a los ojos intentando disimular su ansiedad.

Él parecía entender su timidez porque la tomó entre sus brazos, escudándola de su mirada con su propio cuerpo. E inclinó la cabeza, pero esta vez sus labios buscaron la curva de sus pechos.

Serina contuvo el aliento, pero cuando apartó el sujetador desabrochado intentó cubrirse con las manos...

–Eso sería un crimen –dijo él.

Ella intentó sonreír.

–Lo siento, es una reacción espontánea.

–Un crimen –repitió Alex, con voz ronca–. Como tapar la Venus de Milo con un saco.

Después, la tomó en brazos para depositarla suavemente en la cama. Serina tuvo que hacer un esfuerzo para no taparse con la sábana cuando la miró, sus ojos ardiendo.

Sin embargo, a pesar de la vergüenza, el calor de su mirada la excitaba.

–Empiezo a sospechar que eres muy tímida –intentó bromear Alex mientras, sin la menor vergüenza, se quitaba el resto de la ropa.

Ella quería cerrar los ojos, pero no lo hizo porque quería, porque necesitaba verlo sin ropa.

Desnudo era un guerrero, pensó. Grande, fuerte y decidido, algo en sus ojos, en sus facciones, en el poder de su cuerpo, la hacía pensar en un hombre primitivo.

–Me siento como un botín.

–Yo no soy un pirata.

–Lo sé –Serina alargó los brazos para acariciarlo–. Y no tengo miedo.

Creía saber lo que era hacer el amor. Al fin y al cabo había leído sobre ello, lo había visto en el cine y en televisión...

Pero nada la había preparado para las caricias de Alex quien, con expresión absorta, inclinó la cabeza para besar sus pechos. Un gemido escapó de su garganta cuando cerró los labios alrededor de una rosada aureola y, obedeciendo un impulso tan antiguo como el tiempo, se arqueó instintivamente hacia él, su cuerpo tenso como un arco, mientras lo envolvía en sus brazos.

Cerrando los ojos, se rindió completamente.

Alex la llevó en una jornada ardiente de los sentidos: el tacto, el gusto, el erótico aroma de sus cuerpos unidos, sus manos oscuras en contraste con su pálida piel, el sonido de sus jadeos...

Las sensaciones aumentaban con una ferocidad que la hacía jadear. Cada músculo, cada tendón tenso, buscaba una satisfacción desconocida. Cuando encontró el hueco de su ombligo con la lengua, Serina gimió, arqueándose hacia él.

–Ah, te gusta –murmuró Alex, deslizando una mano por sus caderas hasta ponerla sobre su monte de Venus.

De nuevo, su reacción fue instintiva, apretándose contra los dedos masculinos, exigiendo algo... algo...

—¿Esto es lo que quieres? —murmuró él, introduciendo un dedo en su interior.

Serina gimió de nuevo, el placer envolviéndola y llevándola a un sitio extraño que la enloqueció por un momento, dejándola saciada y totalmente relajada después.

Los brazos de Alex eran lo único que necesitaba para sentirse segura. Y él la sujetó hasta que su respiración volvió a la normalidad. Pero entonces saltó de la cama.

Sorprendida, Serina abrió los ojos, cerrándolos de nuevo al ver que sacaba algo del bolsillo del pantalón.

Se sentía avariciosa ahora, quería más. Quería experimentar su posesión, tenerlo dentro de ella y darle todo lo que tenía, todo lo que era.

El colchón se hundió levemente bajo su peso y Serina se echó en sus brazos con una confianza que ahuyentaba todos sus miedos. Y cuando Alex la besó respondió con ardor. Esa nueva confianza la convenció para que hiciera sus propios descubrimientos, pasando la mano por su torso y llegando hasta el estómago plano.

Pero cuando llegó demasiado cerca, él dijo:

—No, espera. A menos que te contentes con lo que ha habido hasta ahora... sólo soy humano.

Serina apartó la mano, pero Alex la sostuvo apretándola contra su corazón.

—La próxima vez puedes hacerme lo que quieras, pero ahora mismo sería el final.

–Y no queremos eso –dijo ella con voz ronca.

–No –asintió Alex, colocándose encima.

Mirándola a los ojos, se movió un poco y, de repente, entró en ella.

La invasión hizo que Serina se pusiera tensa por un momento, pero cuando vio que arrugaba el ceño se dio cuenta de que iba a apartarse...

–No –murmuró, agarrándose a sus hombros, relajando unos músculos interiores que no sabía que existieran.

Alex volvió a intentarlo y, al no encontrar resistencia, empujó con fuerza, cada embestida llevándola al éxtasis...

Y cuando llegó, un sollozo escapó de su garganta. Pero esta vez el placer era tan vehemente, tan abrumador, que se sintió perdida.

Sólo entonces Alex se dejó llevar por su propio deseo y Serina lo vio echar la cabeza hacia atrás, los tendones de su cuello marcados. Había perdido el control y se rendía al placer, el mismo que aún sacudía su cuerpo.

Pero entonces todo terminó y Alex intentó apartarse.

–No, aún no –dijo Serina.

–No quiero aplastarte.

–No –repitió ella, abrazándolo.

Alex la miró, sonriendo.

Más feliz que nunca en toda su vida, pero sabiendo que esa felicidad era frágil y temporal, Serina disfrutó entre sus brazos hasta que se le cerraron los ojos.

–Duerme –murmuró Alex, tumbándose de lado y llevándola con él.

Con la cabeza apoyada sobre su hombro, Serina lo miró por última vez antes de cerrar los ojos y dejar que el sueño se la llevase.

Capítulo 8

A LA MAÑANA siguiente, Serina despertó y se estiró perezosamente, sorprendida por un agradable escozor que no había sentido antes.

No le sorprendió descubrir que estaba sola, pero cuando miró hacia la ventana vio que ya había amanecido. Podía oír el canto de los pájaros y le parecía, no sabía bien por qué, la mañana más limpia del mundo.

En cierto modo, se alegraba de que Alex se hubiera ido. Necesitaba tiempo para ordenar sus emociones.

Pero, aunque intentó concentrarse, no podía dejar de recordar la noche anterior. No sabía que hacer el amor pudiera ser tan... increíble.

Alex había sido tierno y fiero a la vez, siempre apasionado. Se había rendido tanto como ella, aunque era un hombre contenido. Y su forma de hablar, de caminar, la suavidad de sus manos, su aroma masculino...

«Disfruta sin hacerte más preguntas», se dijo a sí misma. «Disfrútalo mientras puedas porque no va a durar».

Lo amaba, pero él no había mencionado la palabra amor. ¿Y por qué iba a hacerlo? Alex la creía sofisticada, madura, sensata... y experimentada.

En su casa, sobre unas sábanas arrugadas, veía el futuro con la claridad de una vidente: seguirían siendo amantes durante... tal vez seis meses, incluso durante un año y luego, poco a poco, Alex se cansaría de ella o conocería a alguien más interesante. Esperaría un final civilizado para su aventura y seguirían siendo amigos.

Pensar eso hizo que sintiera un dolor tan agudo que apenas podía respirar. No podría soportarlo...

Serina levantó un brazo para taparse la cara, pero al hacerlo vio la hora en el reloj.

–¡Las nueve! –exclamó, saltando de la cama.

Quince minutos después, salía de su habitación. La mujer despeinada con la que se había encontrado en el cuarto de baño reemplazada por la bien arreglada y maquillada princesa cuyo único cambio eran unos labios ligeramente más hinchados que el día anterior.

Hacer el amor con Alex había sido maravilloso. ¿Entonces por qué estaba tan nerviosa ante la idea de volver a verlo?

Su pulso se aceleró cuando se encontraron en el pasillo. Estaba sonriendo, pero Serina notó que ese muro de innata reserva estaba levantado de nuevo.

Tenía un aspecto diferente, tal vez más serio que de costumbre.

–Deberías haberme despertado. No quería dormir hasta tan tarde.

–Necesitabas descansar –dijo él, dándole un rápido e impersonal beso en la mejilla.

Y Serina tuvo que hacer un esfuerzo para no echarle los brazos al cuello.

–No estaba tan cansada.

–Otro día disfrutaré despertándote, pero en esta ocasión me ha parecido mejor dejarte dormir. Pero ya que estás levantada, vamos a desayunar.

Serina fue con él, intentando disimular su decepción. ¿Qué había esperado que hiciera, que la tomase entre sus brazos y la besara apasionadamente en el pasillo, donde el ama de llaves podría verlos?

No era el estilo de Alex. Y tampoco el suyo. Pero le habría gustado que se mostrase un poco más cariñoso.

Pensó que no sería capaz de comer nada, pero una vez en el comedor descubrió que tenía apetito. Y el café ayudó mucho.

Y también la noticia de que Alex se había puesto en contacto con un par de jardineros que estarían encantados de recibirla.

–Aunque querían que les diera un mes para prepararse.

Serina tuvo que reír.

–Y cuando llegamos a esos jardines nos dicen que la semana anterior estaban maravillosos o que faltan un par de meses para que estén en su mejor momento, suele ocurrir.

–Sé que te gusta entrevistar a los propietarios, así que he organizado una visita por la mañana y otra por la tarde. Y entre una y otra podemos comer. Conozco un buen restaurante no lejos del primer jardín.

–Muy bien –dijo ella.

Hacer castillos en el aire sería una tontería, una receta segura para un corazón roto. Y no podía permitirse esperar más de aquella relación de lo que él estaba dispuesto a dar.

El amor no formaba parte del acuerdo. Alex había dejado claro que la deseaba y, por sus propias razones, ella había decidido que él fuese el hombre que la iniciase en las artes del sexo.

El instinto no le había fallado. Había elegido bien. Alex Matthews era todo lo que debería ser un primer amante.

Esperaba que él no la hubiese encontrado aburrida o exageradamente inexperta...

Pero era demasiado tarde para preocuparse de eso.

Para llenar el silencio, empezó a charlar sobre cosas mundanas y, aunque Alex levantó las cejas demostrando que sabía lo que estaba haciendo y posiblemente por qué, respondió de la misma forma.

Poco a poco, la tensión fue evaporándose y de alguna manera, no sabía cómo, se encontró hablando de su hermano.

–Era el favorito de mi padre –empezó a decir, sin rencor alguno–. Durante años estuvo seguro de que algún día volvería a Montevel y me temo que Doran también creyó en esa posibilidad. Luego, cuando Doran tenía catorce años, mi padre aceptó por fin que eso no ocurriría nunca y, por alguna razón, a partir de ese momento dejó de prestarle atención a mi hermano.

–¿Por qué? –preguntó Alex.

–Tal vez porque veía a Doran como su sucesor. Cuando por fin aceptó que eso no iba a ocurrir, perdió el interés por él.

–Estás describiendo a un hombre muy egoísta.

–Sí, lo sé. Me temo que lo era.

Seguía doliéndole recordar cómo Doran había intentado llamar su atención de todas las maneras posibles y su desesperación y rabia al darse cuenta de que no servía de nada.

–Es casi como si pensara que nuestra familia sólo existía con el objetivo de producir un heredero para el trono de Montevel. Y cuando aceptó que Doran nunca sería rey, mi hermano dejó de tener valor para él.

Alex arrugó el ceño.

–¿Cómo te trataba tu padre?

–Como trataba a todas las mujeres –Serina se encogió de hombros–. Con halagos, merecidos o no, y esperando que le perdonase por todo –le sorprendía estar contándole aquello porque no era algo que contase a todo el mundo–. Era un padre estupendo en muchos sentidos y es demasiado tarde para desear que hubiese educado a Doran de otra forma.

Después, volvieron a charlar sobre las plantas de Nueva Zelanda, un tema del que sabía mucho, y Serina se dijo que al menos tenían algo en común.

Algo aparte de una pasión desenfrenada, pensó, sintiendo que le ardían las mejillas.

–Me gusta cuando te pones colorada –Alex alargó una mano para acariciar sus labios–. Tengo una casa en la playa. ¿Te gustaría que fuésemos allí? No está muy lejos y podríamos visitar los jardines todos los días.

Y estarían solos, sin que Lindy Harcourt los interrumpiera, pensó Serina.

–¿Tienes tiempo libre?

–Estaré en contacto con mi empresa, no te preocupes. En la casa hay teléfono y conexión a Internet.

Y ella podría ponerse en contacto con Doran. Aunque su hermano no estaba echándola de menos precisamente.

–Sí, muy bien. Me gustaría mucho ir a la playa.

–Me parece que «bonita» no es la expresión adecuada –dijo Serina cuando llegaron a la casa.

–¿Y cuál sería la expresión adecuada?

–Si tuviera que describirla por escrito, diría que es fabulosa –contestó ella, admirando una playa de color ámbar rodeada de árboles que le daban sombra. Unos árboles que, según Alex, se llamaban pohutukawas.

–¿Y si no tuvieras que describirla por escrito?

–Aun así diría que es fabulosa.

La casa era más grande de lo que había imaginado y tremendamente cómoda, amueblada con mucho estilo.

–¿Sabes cocinar? –le preguntó Alex entonces.

–Sí, claro. ¿Y tú?

–Hago algunas cosas muy bien. Huevos revueltos, por ejemplo.

Serina soltó una carcajada.

–Por favor...

–Oye, no te rías. Y también puedo hacer cosas como pelar patatas. ¿Dónde aprendiste tú a cocinar?

–Estudié cocina en Francia.

–¿Ah, sí?

–Cuando mis padres murieron, Doran volvía del internado durante las vacaciones y me di cuenta de que tenía que aprender a hacer algo más que tortillas. Mi abuela pagó el curso de cocina.

–Perder a tus padres debió de ser muy duro para ti.

–Sí, lo fue. Pero tú también perdiste a tu madre siendo muy joven. Al menos yo tuve a la mía durante más tiempo.

Entonces, de repente, Alex se acercó para tomarla entre sus brazos. El gesto la sorprendió pero, como no había nada sexual en aquel abrazo, consiguió relajarse.

–En la casa hay varias habitaciones. ¿Quieres una para ti sola?

Serina se mordió los labios. ¿Qué debía contestar? Valientemente, levantó la mirada.

–No –dijo por fin, su corazón latiendo como loco–. No necesito una habitación para mí sola.

Cuatro días después, Serina despertó temprano, con la cabeza sobre el hombro de Alex, y se dio cuenta de que había tomado la decisión equivocada. Ir a la playa con él había sido algo más que un error, había sido una soberana estupidez.

Habría sido más seguro permanecer en la casa de Haruru, donde el ama de llaves actuaba como carabina, alguien que impedía que se dejara llevar por la emoción.

Sola con él, estaba enamorándose cada vez más y se sentía más feliz que nunca en toda su vida.

Agotada después de una larga noche haciendo el amor, y acostumbrada ya al roce del cuerpo masculino, nunca se había sentido más segura.

Los últimos días habían sido...

Buscó la palabra adecuada para describirlos, pero por una vez no fue capaz. Su vida antes de Alex le parecía vacía, sin color, como una vieja fotografía que alguien hubiese dejado al sol durante mucho tiempo. Con él, todo era más vívido, sus emociones más intensas, sus reacciones físicas nuevas. Y los colores del mundo a su alrededor casi le hacían daño a los ojos.

Incluso la comida sabía mejor, pensó, divertida por tan absurdo pensamiento.

Pero eso podía ser porque los huevos revueltos de Alex eran realmente soberbios.

Él no dejaba de felicitarla por sus platos de cocina francesa y, además, la ayudaba en la cocina. Serina tuvo que sonreír al recordar su habilidad con un pelador de patatas.

Suspirando, levantó la cabeza para mirarlo, acariciando con los ojos los altos pómulos, la nariz recta, la fuerza de sus facciones que lo harían un hombre apuesto de por vida.

Tuvo que contener el deseo de besarlo para convencerse de que estaba con él. Amar a Alex le había dado una dimensión diferente a su vida.

Durante el tiempo que durase.

Suspirando, intentó pensar en algo que no le hiciese daño. Durante esos días la había llevado a jardines grandes y pequeños, jardines sobre el mar y jardines en las colinas. Algunas de las casas eran muy lujosas, sus propietarios personas ricas que empleaban jardineros profesionales. Aunque otras eran casi espartanas. Pero los propietarios siempre se mostraban encantadores, dispuestos a mostrarle su trabajo.

Gracias a Alex, a quien todos conocían y admiraban.

La mañana anterior habían visitado un jardín particularmente curioso sobre una playa de arena blanca. La propietaria era una señora mayor con un ojo especial para combinar colores a quien ayudaba su resignado marido. Seguidora apasionada de los cultivos orgánicos, su anfitriona tenía también un huerto propio en el que había unos árboles frutales que Serina no había visto nunca.

La pareja conocía bien a Alex y se habían mostrado encantadores con ella. Además, tenían una nieta muy simpática, aunque un poco seria, Nora, una niña de seis años que le había enseñado sus sitios favoritos en el jardín. Y cuando descubrió que Serina hablaba francés le suplicó que le enseñase una canción.

De modo que estuvo diez minutos intentando enseñarle una sencilla canción de cuna bajo la indulgente mirada de Alex y sus abuelos.

Después de eso, Nora no se apartaba de ella, mirándola mientras hacía fotografías en el jardín y teniendo que ser convencida por Alex y su abuelo para que fuera con ellos a ver a unos terneros recién nacidos mientras Serina entrevistaba a su abuela.

La entrevista fue muy bien y su anfitriona insistió en que se quedaran a comer. Después, mientras tomaban café, Nora dijo:

—Mi abuela dice que eres una princesa. ¿Por qué no llevas corona?

—¡Nora! Cariño, esas cosas no se dicen.

—No pasa nada —la tranquilizó Serina—. Imagino que habrá visto muchas fotografías de princesas con coronas. Las princesas sólo lo parecen cuando llevan la corona puesta, cuando se la quitan son personas normales.

—En mi cuento favorito, la princesa Polly lleva su corona hasta cuando monta a caballo —dijo la niña.

—Ah, pero es un cuento. Además, yo tengo el título de princesa pero... no lo ejerzo porque ya no vivo en mi país.

—Podrías vivir aquí —sugirió la niña.

—Aunque viviese aquí no llevaría mucho la corona. Sólo me la pongo en ocasiones especiales, como en bailes o en grandes fiestas.

—¿Por qué?

—Son como los zapatos de tacón, no te las pones

para visitar a tus amigos o para ver un jardín como el de tu abuela. Pesan mucho.

Nora la miró, con los ojos muy abiertos.

–Si te casaras con Alex, podrías ser nuestra princesa y te pondrías la corona, ¿verdad?

Serina sintió que le ardían las mejillas. ¿Qué podía decir a eso?

–Serina vive al otro lado del mundo, Nora –intervino Alex entonces–. Puede que quiera casarse con otro hombre.

–Por el momento, no –intentó bromear ella–. Pero antes de irnos, ¿por qué no escribes tu nombre y tu dirección en un papel? Te enviaré una postal cuando llegue a casa. Es un sitio muy bonito, pero muy diferente a éste.

El rostro de la niña se iluminó.

–Podrías venir a vernos muchas veces si te casaras con Alex.

–¿Qué tal si la princesa Serina te enviase una foto con la corona puesta? –sugirió Alex.

Después de un segundo de vacilación, y de una prudente mirada a su abuela, Nora pareció recordar sus buenas manera.

–Muy bien, gracias.

Recordando la conversación ahora, Serina volvió a ponerse colorada. Hasta que lo sugirió la niña, ni siquiera se le había ocurrido pensar en el matrimonio. Y no iba a considerarlo en absoluto, se dijo a sí misma.

Porque eso no iba a pasar.

Pero, a pesar de su resolución, se permitió a sí misma imaginarse en la iglesia, del brazo de Alex... y una escena doméstica, tal vez con una niña como Nora algún día.

«Qué tonta» se dijo a sí misma, intentando ignorar un pellizco en el corazón.

Fuera, los gritos de las gaviotas ahogaban el ruido de las olas, a unos metros de la casa. La respiración de Alex se alteró ligeramente y apretó el brazo con el que sujetaba su cintura, pero se relajó unos segundos después.

Serina se relajó también, preguntándose qué tenía aquel hombre que la había hecho enamorarse tan profundamente.

«Agradable» sería una pálida descripción de su energía, de su inteligencia, una palabra que no podía describir su autoridad y su personalidad.

En cuanto al carisma sexual que lo hacía destacar entre la gente...

Sin darse cuenta, Serina dejó escapar un suspiro, apretándose contra su pecho.

–No –murmuró él.

–¿No qué?

–No a todo porque estoy agotado –dijo Alex, levantando unas pestañas increíblemente largas para un hombre.

–En ese caso, supongo que lo mejor será que me marche...

Pero él no se lo permitió.

–¿Cuántos jardines nos quedan por ver?

–Siete –contestó Serina.

Alex se colocó sobre ella, riendo. No parecía en absoluto cansado, su cuerpo respondiendo como lo hacía siempre.

–De no haberme puesto en contacto con tantos jardineros podríamos pasar el resto del día en la cama –murmuró, buscando sus labios–. Pero no podemos, de modo que será mejor que nos levantemos y nos pongamos en marcha.

–No te atreverás –dijo ella, abrazándolo.

–¿Cómo vas a detenerme? –riendo, Alex se dio la vuelta sin soltarla para quedarse mirando al techo.

–No pienso hacerlo. Si estás agotado, no me valdrías de nada.

–¿Ah, no?

Serina se rindió a sus caricias. Alex deslizaba una mano desde su garganta hasta su estómago, centímetro a centímetro, hasta que cierto sitio entre sus piernas no podía esperar más.

Prisionera de sus brazos, lo miró a los ojos, su expresión una mezcla de burla y deseo. Su amante estaba disfrutando claramente de tan sensual exploración.

Pero entonces sonó el teléfono y, mascullando una palabrota, Alex se levantó para contestar.

–¿Sí?

Serina se quedó en la cama, admirando su fabuloso cuerpo. La luz del sol que entraba por la ventana hacía que su piel pareciese dorada, destacando sus marcados músculos, las poderosas líneas de su torso y sus piernas.

—¿Cuándo? —lo oyó decir, tenso.

El brusco tono hizo que volviese a mirar su rostro, pero Alex se había dado la vuelta para salir de la habitación.

Serina se incorporó en la cama y aguzó el oído. Y cuando lo escuchó dando órdenes, de repente sintió miedo.

Capítulo 9

SERINA no sabía si debía levantarse. A juzgar por el tono helado de Alex, ocurría algo muy grave.

Pero, antes de que pudiera moverse, él volvió a la habitación y le dijo con expresión seria:

–Tu hermano se ha ido de Vanuatu.

–¿Qué?

–¿No lo sabías?

–No tenía ni idea –contestó ella–. Voy a comprobar mi correo electrónico. Tal vez me haya dejado un mensaje...

–Espera un momento –la interrumpió Alex–. Me dijiste que lo estaba pasando en grande.

–Eso me decía en su último correo –dijo Serina, mirándolo con cara de sorpresa. ¿Por qué le hablaba en ese tono acusador?

–¿Entonces por qué se ha ido?

–No lo sé, pero Doran es muy impulsivo y ya me sorprendía que su pasión por el buceo durase tanto. Seguramente se cansó del calor o no había suficientes chicas guapas con las que coquetear...

Interrumpió la frase al ver la expresión de Alex.

Aquél era un hombre al que no conocía, pero uno cuya existencia siempre había sospechado. Ya no era su tierno amante, sino un guerrero implacable.

–Si valoras la vida de tu hermano, cuéntame todo lo que sepas sobre ese supuesto juego de ordenador.

–Ya te lo he contado –dijo ella, sorprendida.

–No lo suficiente.

–¿Qué ocurre, Alex? ¿Por qué te preocupa tanto que Doran se haya ido de Vanuatu y qué tiene que ver ese absurdo juego de ordenador?

–Creo que tu hermano se dirige a la frontera entre Carathia y Montevel y que el juego que a ti te parece tan absurdo es algo real.

–No te entiendo. ¿Qué quieres decir?

–Que no es ninguna broma –respondió Alex–. Y no se trata de un juego de ordenador. Doran y sus amigos planeaban fomentar una revuelta popular en Montevel con la esperanza de recuperar el trono.

Serina se llevó una mano al corazón.

–¿Qué estás diciendo? Eso es imposible. No sé quién te ha contado esa historia tan absurda...

–No lo es –la interrumpió él.

–Doran no es tonto. ¿Por qué iba a creer que tiene alguna posibilidad de recuperar el trono de Montevel? No tiene dinero ni contactos. Y ninguno de sus amigos conoce tácticas militares o... nada por el estilo. Si esa llamada era de Gerd, te aseguro que está equivocado.

–No lo está, Serina. Tu hermano y su grupo de idiotas románticos piensan usar la costa de Carathia como refugio. En cuanto al dinero y el conocimiento de tácticas militares, tienen a alguien que los provee de todo eso.

Aquello era imposible, ridículo, pensó ella. Tenía que serlo.

Pero cuando volvió a mirarlo se le ocurrió algo igualmente aterrador: que Alex la hubiese invitado a visitar Nueva Zelanda para seducirla, esperando que ella supiera algo.

Alex Matthews era un magnate acostumbrado a ser implacable en los negocios y Gerd era un hombre poderoso, el gobernante de un país que había ganado una guerra civil. No podían estar engañados. De verdad debían creer que Doran pensaba usar Carathia como base de operaciones para dar un golpe de Estado en Montevel. Y si era así, su hermano le había estado mintiendo. Peor, mucho peor que eso, su vida estaba en peligro.

–¿Estás seguro?

–Completamente.

Serina se puso pálida.

–Tengo que irme. Tengo que intentar hacer que entren en razón...

–No puedes –dijo Alex.

Temblando, Serina se puso una bata para dirigirse a la puerta.

–¡Tengo que hacerlo!

–¿Qué sabes de esa conspiración? –le preguntó Alex antes de que saliera–. ¿Doran te ha contado algo?

–No, yo no sé nada. No tengo ni idea. ¿Quién está apoyándolos... y por qué?

—Cuanto menos sepas, mejor.

Furiosa, Serina lo miró a los ojos, tan fríos en ese momento que sintió como si no lo conociese de nada. No habría negociaciones, pensó. Tampoco él quería contarle toda la verdad.

—Yo no sé nada, ya te lo he dicho. Y no tengo suficiente influencia con Doran como para persuadirlo para que deje de hacer lo que está haciendo.

—Ya me lo imaginaba.

—¿Qué piensas hacer?

—Yo no puedo hacer nada, es Gerd quien tiene que lidiar con el asunto.

—Y está de luna de miel —murmuró Serina.

Pero si alguien podía convencer a Doran para que volviese a Niza y se olvidase de aquel absurdo complot, ése era Gerd.

—Me parece imposible que mi hermano haya pensado que podría provocar una revolución. Es... ridículo.

—Alguien sin escrúpulos ha usado su juventud y su inocencia para hacerle creer lo que no es. Aunque el régimen de Montevel no es precisamente muy querido por sus ciudadanos, es mucho mejor que el dictador que echó a tus abuelos. E infinitamente mejor que la guerra civil que sufrieron para librarse de él. La mayoría de los ciudadanos parecen resignados con la presente situación y si Doran y sus amigos siguen adelante con ese ridículo golpe, mucha gente morirá.

Serina se llevó una mano al corazón.

–Estoy intentando no creerlo porque me resulta imposible –empezó a decir, mirando esos formidables ojos azules–. ¿Estás seguro, absolutamente seguro de que esto no es una broma juvenil de la que se olvidarán en cuanto se den cuenta de las dificultades que entrañaría algo así?

–Estoy seguro –respondió él–. Que yo sepa, es una mezcla de romanticismo y convicción. Creen que la gente de Montevel los recibiría con los brazos abiertos.

–¿Y por qué creen eso? –Serina suspiró, angustiada.

–Porque quieren creerlo y porque se lo ha dicho alguien en quien parecen confiar.

–¿Y ese alguien tiene algo que ver con la empresa que intentó comprar las minas de caratita en Carathia hace un par de años?

La caratita era un mineral muy raro que se daba en la frontera entre Carathia y Montevel y era usada en la electrónica. La corona de Carathia era la propietaria de esas minas y Gerd había tenido que enfrentarse con una guerra civil, fomentada por una empresa poco escrupulosa que quería hacerse con el mineral.

–No, esa empresa ya no existe y los hombres que provocaron la guerra civil han muerto o están en la cárcel. Y si los instigadores son los que yo creo que son, no están interesados en Gerd o en la caratita –Alex hizo una pausa, pensativo–. Seguramente estarán usando los derechos legítimos de tu hermano como una artimaña.

–¿Pero por qué?

–Ahora mismo la razón no importa. Sólo quería que supieras lo serio que es el asunto.

–Estás intentando asustarme.

–Y espero haberlo conseguido.

–Te aseguro que sí –Serina tragó saliva–. ¿Qué sabes de los planes de Doran?

–Sospecho que el plan es ir en un yate a Montevel y esconderse en algún sitio cuando hayan llegado a puerto.

–Entonces tengo que irme a casa.

–No.

–Alex, no puedo quedarme aquí sin hacer nada.

–Sí puedes –dijo él, con calma–. Porque no hay nada que puedas hacer y aquí estás a salvo.

–Puede que sea capaz de convencer a Doran...

–Tú misma has dicho que no tienes influencia con tu hermano –le recordó Alex–. ¿Y cómo piensas volver?

–En avión, por supuesto –contestó ella. Por la expresión de Alex, estaba claro que no iba a poner el jet a su disposición–. Doran es mi hermano y tengo que hacer lo que pueda. Debo marcharme ahora mismo.

Alex sabía que no podría hacer nada para detener a Doran, pero entendía que quisiera estar lo más cerca posible de su hermano. Lo que no sabía era que, si Doran muriese, ella podría ser la siguiente. Serina sería entonces el último miembro de la familia real de

Montevel y, mientras siguiera viva, sería un constante foco de insatisfacción.

Pero tenía la impresión de que volvería a Europa aunque le dijera eso.

—No creo que sea buena idea.

—Tal vez no lo sea, pero pienso ir de todas formas.

—No vas a ir a ningún sitio, Alteza.

Serina lo miró, incrédula.

—No puedes detenerme.

—Puedo evitar que te vayas de Nueva Zelanda y eso es lo que pienso hacer.

—¿Quieres decir que soy tu prisionera?

—Tómatelo como quieras...

—¡Pero esto es ridículo!

—Serina, no puedes volver allí. Te quedaras aquí, lejos del peligro, aunque tenga que encadenarte a la cama.

La nota implacable en su voz hizo que sintiera un escalofrío. Lo miró, en silencio, angustiada de miedo por su hermano. Le gustaría que Alex la tomase entre sus brazos y le dijera que todo iba a salir bien, que Doran estaba a salvo y que todo había sido una broma de mal gusto...

—Sugiero que te vistas y compruebes si Doran te ha dejado un mensaje.

—Sí, voy a hacerlo ahora mismo.

Con el estómago encogido, Serina fue a su dormitorio y sacó el ordenador de su funda.

Apartándose el pelo de la cara con dedos nerviosos, esperó que se encendiera. Doran le había enviado dos líneas:

No te preocupes, todo va a salir bien. Nos veremos pronto.

A toda prisa, ella escribió: *No hagas nada. Han descubierto tus planes...*

De repente, una mano entró en su campo de visión. Era Alex y estaba borrando esa última frase.

–¿Qué haces?

–No puedo dejar que lo envíes –contestó él–. Lo único que puede evitar que maten a tu hermano es que nosotros tenemos una idea de lo que está pasando. Si supieran que han sido descubiertos, Dios sabe lo que serían capaces de hacer.

–¿Y cómo conoces tú sus planes?

–Mis hombres han descubierto la contraseña del ordenador y...

–¿Y entonces cómo sabes que no es sólo un juego?

–Uno de mis hombres se infiltró en el grupo, Serina. No es un juego, es algo muy serio.

Ella se levantó y Alex la envolvió en sus brazos.

–Podría matarlo, será idiota...

–Tranquila, no pasará nada.

–¿Dónde está ahora?

–Sigue en el avión.

–¿Y dónde va?

–Está a punto de aterrizar en Roma –contestó Alex–. Pero deja de pensar en ello...

–¿Cómo voy a dejar de pensar en ello?

–Voy a hacer el desayuno... y no me digas que no tienes apetito, debes comer.

Después de desayunar, todavía envuelta en la sábana, Serina entró en el cuarto de baño para darse una ducha. Al menos Alex no creía que fuera a salir huyendo por la ventana.

Sin duda porque sabía que no podría salir de allí. Ni siquiera sabía dónde guardaba las llaves del Land Rover.

Pero tenía que hacer algo...

Su pasaporte y las tarjetas de crédito estaban en el bolso, pensó.

Serina salió de la ducha y se secó a toda prisa para ir a la habitación. Pero cuando miró en su bolso, ni su pasaporte ni sus tarjetas de crédito estaban allí. Y el miedo dio paso a la rabia al darse cuenta de que Alex también se había llevado su móvil.

Furiosa, entró en la cocina y se enfrentó con él:

–¡Devuélvemelo todo ahora mismo! ¡No tienes ningún derecho...!

–Te lo devolveré cuando te vayas de Nueva Zelanda.

Ella lo miró, furiosa. Pero no podía hacer nada. Estaba a su merced y no se había sentido tan infeliz en toda su vida.

–Te desprecio –le espetó.

Sin esperar respuesta, se dio la vuelta para volver

al dormitorio. Mientras estaba vistiéndose, angustiada, sonó un golpecito en la puerta.

–¿Te encuentras bien?

–Sí –contestó ella, aunque no era verdad.

Aquel viaje... Alex no podía haberla llevado allí para seducirla fríamente.

¿O sí?

Alex y Gerd parecían haber decidido alejarlos de Europa con la esperanza de que eso impidiera que el grupo llevara a cabo su plan. Y eso significaba que, por considerado que fuese, por buen amante que fuese, la seducción de Alex había sido deliberada, un subterfugio para distraerla mientras Gerd y él intentaban descubrir los planes de Doran y sus amigos.

Dolida como nunca, se vistió y se peinó a toda prisa.

El amor era algo temporal y ella lo sabía. A la gente se le rompía el corazón, lloraban, sufrían y, seis meses más tarde, estaban felizmente enamorados de otra persona.

Se le pasaría.

–El desayuno está listo –dijo Alex desde el pasillo.

No le había dado tiempo a secarse el pelo con el secador o a maquillarse, pero daba igual. Si a Alex no le gustaba de ese modo, peor para él.

Aunque en el fondo, tan en el fondo que casi estaba enterrado, sabía que Alex Matthews era el único hombre al que amaría nunca, el único al que podría entregarle su corazón.

Aunque él no lo quisiera.

Cinco minutos después, tuvo que disimular una sonrisa al ver que había hecho huevos revueltos, tomates a la plancha y tostadas.

–Estás muy pálida.

–No estoy acostumbrada a ser la prisionera de nadie.

–Estás preciosa a pesar de todo –dijo él–. Y el desayuno te devolverá el color a la cara.

A pesar de su miedo y su rabia, o tal vez por ello, Serina comió con apetito.

–Gracias –murmuró después–. ¿Qué crees que hará Doran cuando llegue a Roma?

–Sospecho que alguno de los conspiradores irá a recogerlo al aeropuerto y lo llevará en barco hasta Carathia. Desde allí, imagino que irán a la costa de Montevel.

–¡Están locos! ¿Cómo creen que van a dar un golpe de Estado? ¡Son una pandilla de universitarios, es absurdo!

–Esperan que la gente se levante en armas una vez que hayan presentado a su líder.

–Doran –murmuró ella.

–Y tal vez podría funcionar. Para gente que no lo ha pasado bien durante los últimos cincuenta años, la idea de restaurar la monarquía podría ser lo bastante atractiva como para que se pusieran de su lado.

–Pero el gobernante de Montevel controla al ejército...

–Pero incluso el ejército está molesto. Han recortado los salarios y un general muy popular ha sido fusilado por amotinarse.

Serina tomo su taza de café, notando con cierta frialdad que le temblaba la mano. Pero, por fin, consiguió tomar un sorbo antes de hacer la pregunta que había estado dando vueltas en su cabeza:

—¿Por qué está Gerd tan preocupado? Esto no tiene nada que ver con él. Además, debería alegrarse de que el país vecino estuviera gobernado por un régimen menos represivo.

—La última vez que hubo una revuelta en Montevel, Carathia tuvo que lidiar con miles de refugiados —dijo Alex.

—Ah, ya veo.

—Y tener problemas en la frontera hace que un gobernante se ponga nervioso —Alex miró su reloj—. ¿Estás lista?

—¿Para qué?

—Tenemos que ir a ver tus jardines, Serina.

Ella lo miró, perpleja.

—No lo dirás en serio —murmuró, atónita al darse cuenta de que pretendía que actuase como si no pasara nada.

—Yo creo que eso es mejor que quedarse aquí angustiada por la situación y sin poder hacer nada.

—Estamos hablando de mi hermano —le recordó ella, con los dientes apretados—. Tú me mantienes prisionera cuando debería ir a Roma a hablar con él.

—Si quieres verlo así...

—¿De qué otra forma puedo verlo?

–Mira, no podemos hacer nada –dijo Alex entonces–. Y no puedo dejar que te vayas porque pondrías
tu vida en peligro. Lo único que podemos hacer es
esperar aquí. Lo hago por tu bien, te lo aseguro.

Ella se levantó, frustrada.

–Ya, claro.

Fue un día muy extraño. Serina consiguió portarse
con relativa normalidad, charlando con los propietarios de los jardines y haciendo las fotografías perti-
nentes, pero sentía como si la hubieran partido en
dos. Una parte era la hermana angustiada y otra parte
la amante traicionada.

Cuando por fin volvieron a la casa, apenas esperó
que Alex detuviera el Land Rover para saltar de él.

Y Alex dejó escapar un suspiro antes de seguirla.

Seguía furiosa y dolida, como si lo culpase por
aquella situación que había sido provocada por su
hermano. Maldito crío, pensó.

Y también él estaba enfadado con Serina por ser
tan intransigente. Había esperado que quisiera ir a
Carathia, lo que no había esperado era que no con-
fiase en él.

–Haré un té mientras tú pasas las notas al ordenador –le dijo mientras cerraba la puerta.

–Gracias –murmuró ella, sin mirarlo.

Serina estuvo toda la tarde pasando sus notas al
ordenador y, después de una cena que no pudo sabo-
rear, le dijo que quería ver las noticias en televisión.

–No van a decir nada sobre Doran.

–De todas formas.

Alex encendió el televisor y se sentó a su lado en el sofá, notando que estaba más tensa que nunca.

Sin decir una palabra, vieron el desfile de políticos y celebridades en televisión. Pero nada sobre Montevel o sobre Doran.

–¿Quieres ver algo más? –le preguntó Alex cuando terminaron las noticias.

–No, gracias.

–En ese caso, sugiero que te vayas a la cama.

Serina miró su reloj.

–Sólo son las diez.

–Ninguno de los dos durmió mucho anoche.

Ella hizo una mueca, recordando la pasión que habían compartido la noche anterior...

–Voy a hacer la cama en el otro dormitorio.

–No.

Ella lo miró, atónita.

–No voy a dormir contigo.

–No puedo obligarte a dormir, por supuesto, pero vas a acostarte en mi cama.

–Te doy mi palabra de que no intentaré escapar.

–Eso no cambia nada –dijo Alex–. Pero no espero que hagamos el amor, si eso es lo que te preocupa.

–No puedes forzarme a dormir contigo. Es ridículo.

–No quiero forzarte a nada, Alteza.

–¡No me llames así! –explotó Serina–. ¿Cómo te sentirías si yo te llamara empresario, por ejemplo?

–Irritado –asintió él, con un brillo burlón en los ojos.

–Puede que te haga gracia, pero a mí no me la hace en absoluto.

–Muy bien, no volveré a hacerlo. Perdóname.

Ella lo miró a los ojos, con expresión belicosa.

–Dormiré contigo, pero no puedes forzarme a disfrutarlo.

–Podría hacerlo, pero no lo haré –dijo él, con una insolencia que le pareció intolerable.

Serina se dio la vuelta para entrar en el dormitorio y, después de quitarse la ropa, se metió en la cama y se quedó esperando, echando humo por las orejas.

Capítulo 10

POR MUCHO que lo intentase, Serina fue incapaz de conciliar el sueño antes de que Alex se reuniese con ella. No podía dejar de darle vueltas a lo que había pasado aquel día, ahogando la voz de la razón que le decía que estaba pagando con Alex su angustia por la suerte de Doran porque no podía pagarla con su hermano.

Tal vez era más soportable estar enfadada que pensar que Doran podría haber muerto.

Con los ojos cerrados, oyó que Alex entraba en el dormitorio. Y se puso tensa al notar que se metía en la cama.

No la tocó, por supuesto. Y, a pesar de todo, lamentó perder el placer que se habían dado el uno al otro esos días, el descubrimiento del deseo que había enriquecido su vida...

Pero esas horas que había pasado con Alex habían sido un medio para llegar a un fin.

Y no ayudaba nada que casi pudiera entenderlo. Ella haría cualquier cosa por Doran y era comprensible que Alex intentase hacer lo que podía por Gerd y Rosie.

–Duérmete, Serina.

Ella no podía confiar en su voz lo suficiente como para responder y, por fin, se quedó dormida, pero despertó en medio de una pesadilla. En esta ocasión estaba apoyada en Alex y él le decía:

–No pasa nada, cariño. Duérmete, sólo ha sido un mal sueño. Tranquila, yo estoy contigo.

Pero cuando despertó por la mañana estaba sola en la cama. Había sido un sueño, pensó, confusa. Un sueño traicionero y engañoso, especialmente la parte en la que Alex la llamaba «cariño».

¿Lamentaría él la aventura? Tal vez pensaba que había sido una pérdida de tiempo, ya que ella no sabía nada de los planes de Doran.

Agotada y más triste que nunca, se dio una ducha y se puso unos pantalones vaqueros y una camiseta. Tuvo que hacer un esfuerzo para salir del dormitorio, pero tenía que saber si Alex sabía algo sobre los movimientos de Doran.

Él estaba en la cocina, hablando por el móvil con el ceño fruncido, pero cortó la comunicación en cuanto la vio aparecer.

–Muy bien, luego hablamos –dijo, antes de guardar el móvil en el bolsillo–. ¿Estás bien?

–Sí, gracias.

–Doran ha conseguido evadir la vigilancia. No se sabe nada de él desde que salió del aeropuerto de Roma, pero imagino que estará en un yate en el Adriático con destino a Carathia. Gerd ha puesto al ejército en alerta.

–Entonces, sólo queda esperar –dijo ella con el corazón en la garganta.

–Me temo que sí –la impaciencia que notaba en su tono le dijo que no estaba acostumbrado a hacerlo.

–¿Por qué no me dices quién los apoya? Doran no tiene dinero para viajar por todo el mundo ni para organizar un equipo de gente...

–Aún no sabemos quién o quiénes son. Podrían ser un par de organizaciones –contestó él, mirando el reloj–. Vamos a desayunar y luego nos pondremos en camino.

Serina iba a protestar, pero se dio cuenta de que no serviría de nada.

Ese día y el día siguiente fueron exactamente iguales. Enferma de preocupación, siguió adelante con las entrevistas y las fotografías mientras Alex permanecía a su lado, apoyándola en silencio.

Podía ser su carcelero, pero al menos estaba a su lado.

Incluso en la cama, pensó al día siguiente. Había despertado una vez más entre sus brazos para descubrir que era otro sueño...

Intentando disimular su decepción, se levantó y siguió con su rutina diaria, pero su corazón se aceleró cuando Alex la llamó desde la cocina.

–¿Qué ocurre? ¿Hay alguna noticia?

–Los hombres de Gerd han detenido a Doran y a su grupo en la costa de Carathia.

Tan aliviada que no podía hablar, Serina sintió que sus ojos se llenaban de lágrimas. Y cuando Alex le pasó un brazo por los hombros tuvo que hacer un esfuerzo para no apoyarse en él.

–Gracias a Dios.

–Desde luego.

–¿Mi hermano está bien?

–Está perfectamente, pero se niega a creer que no sólo ha estado a punto de perder la vida, sino de costarle la vida a mucha más gente.

–¿Hay alguna forma de ponerse en contacto con él?

–Cuando lo hayan interrogado lo enviarán a casa, donde tú podrás intentar hacerle ver lo peligroso que es ese juego.

–Entonces yo también me voy a casa.

–De acuerdo –dijo él.

–No te estoy pidiendo permiso.

Alex levantó una ceja.

–Y yo no estaba concediéndotelo.

–No, pero tienes mi pasaporte y mis tarjetas de crédito.

–Sé que estás enfadada, Serina, pero yo no tengo la culpa...

–Ya lo sé –lo interrumpió ella–. Y no te culpo de nada.

«Sólo de robarme el corazón».

Pero eso era dramatizar demasiado. Los corazones no se movían de su sitio. Podían romperse, pero tarde o temprano se arreglaban. Aquel dolor, pensó, pasaría con el tiempo.

Tenía que ser así porque de otro modo no podría soportarlo.

–Doran estará a la defensiva –le advirtió Alex–. Si aceptas un consejo, trátalo como a un adulto que ha cometido un error y ha aprendido de él. Aunque yo señalaría lo poco aconsejable que es mentirle a las personas que le quieren de verdad.

–Sólo espero que entienda de una vez por todas que no tiene ninguna esperanza de volver a Montevel.

–Eso esperamos todos –dijo él–. Ya ha causado suficientes problemas y estoy seguro de que Gerd se lo ha dejado bien claro. Si tiene algo de sentido común, terminará sus estudios y encontrará un trabajo que lo haga feliz.

–¿Va a trabajar para ti durante las vacaciones o piensas retirar la oferta?

–No pienso retirarla.

Durante el largo viaje de vuelta a Francia, Serina llevó esa promesa en su corazón. Era una tontería, por supuesto, pero le daba cierto consuelo en un momento en el que lo necesitaba de verdad. Si Alex permanecía en contacto con ellos, tal vez...

No, pensó mientras entraba en su apartamento horas después. No debía pensar eso porque no iba ocurrir. En un año sería difícil recordar el rostro de Alex y los únicos recuerdos que tendría de todo aquel episodio serían las fotografías que había hecho en los jardines de Nueva Zelanda.

Como Kelt y su familia necesitaban usar el jet privado, Alex había reservado para ella un vuelo comercial interminable que la había dejado agotada. El ruido de las calles de Niza y el calor la ponían enferma y sólo llevaba unas horas allí.

Doran estaba en casa cuando llegó. Al verla entrar la miró sin expresión, pero se derrumbó cuando Serina se puso a llorar.

–No, por favor –empezó a decir, apesadumbrado–. No llores. No pasa nada, estoy bien. Y lo siento mucho, siento haberte mentido.

Serina se tragó las lágrimas, incapaz de decirle que sólo eran en parte por él.

–Eso espero. He estado enferma de angustia...

–Lo sé. Alex Matthews me lo dijo.

–¿Cuándo?

–Fue a Carathia ayer, antes de que volviera a casa. Estuve hablando con él mucho rato...

Serina se preguntó entonces por qué no había ido con ella en el avión. Pero sabía por qué. Era su forma de decirle que todo había terminado entre los dos.

–¿Sobre qué?

–Sobre todo... –Doran se encogió de hombros–. ¿Quieres un café?

–Sí, gracias. Voy a intentar permanecer despierta hasta la noche, si puedo. Pero cuéntame qué te dijo Alex.

–No fue una conversación muy agradable –murmuró su hermano–. Para decirlo en pocas palabras: me echó una bronca impresionante. Y supongo que tenía derecho a estar furioso.

–Desde luego que sí.

–La verdad se que no pensé en lo que pasaría en

Carathia si lográbamos nuestro objetivo. Y, al fin y al cabo, Gerd es su primo –Doran arrugó el ceño–. Y su mujer es la hermanastra de Alex.

–Tampoco yo pensé en el problema de los refugiados hasta que él lo mencionó –admitió Serina.

–Y cuando me contó que todo el asunto había sido orquestado por la oposición en Montevel... ellos eran los que nos daban el dinero. Me puse enfermo, Serina.

–¿La oposición en Montevel? No sabía que la hubiera.

–Es un grupo muy pequeño y, como no tenían ninguna posibilidad de llegar al poder por medios legítimos, pensaron que podrían utilizarme. Y yo me lo creí, como un tonto. No les importaba un bledo lo que nos pasara a nosotros, claro. Al contrario, por lo que me dijo Gerd, esperaban que yo muriese y así no tendrían que preocuparse de que alguien reclamase el trono.

–Dios mío...

–Supongo que imaginaron que tú no harías nada, pero de todas formas me alegré mucho al saber que seguías en Nueva Zelanda. Lo último que deseaba era complicarte en esto.

¿Era por eso por lo que Alex había insistido en que no se moviera de allí?

–Espero que te des cuenta de que es imposible restaurar la monarquía en Montevel, Doran.

–Alex me dijo algo que me hizo pensar. La verdad, creo que tiene razón. Si los ciudadanos de Montevel quieren que regrese la monarquía, tendrán que ser ellos los que se libren de ese régimen dictatorial. Y sólo volveré si me lo piden –dijo su hermano entonces–. Pero me gustaría que hubiera un referéndum antes de aceptar.

«Gracias, Alex», pensó Serina.

–¿Hay alguna razón por la que deba estar preocupada por tu seguridad?

–No, ya no. Nos detuvieron antes de llegar a Montevel y nadie sabe nada sobre nosotros.

–Pero ese grupo opositor podría volver a intentarlo.

–Alex dice que eso no va a pasar. Nuestro contacto ha recibido la noticia de que no queríamos seguir adelante con el plan.

–¿Y cómo se lo ha tomado?

Doran se encogió de hombros.

–Nos llamó cobardes –era evidente que esa acusación le dolía, pero intentó disimular–. Lo cual tiene mucha gracia porque él se quedó a salvo en París mientras nosotros íbamos a Carathia. De modo que, a partir de ahora, todo el mundo pensará que se trataba sólo de un juego de ordenador.

–Qué alivio –dijo Serina–. Estaba tan preocupada.

–¿Me perdonas por haberte mentido?

–Sí, pero no vuelvas a hacerlo nunca más.

–Te lo prometo –dijo Doran, mientras servía el café–. Y hablando del juego, ¿a qué no sabes lo que ha pasado?

–Me da miedo preguntar.

–Una empresa de videojuegos quiere echarle un

vistazo a la idea y Alex cree que deberíamos hablar con ellos. Nos ha dado el nombre de un negociador y dice que nos apoyará.

Serina tuvo que tragar saliva.

—Eso es maravilloso.

—Bueno, la verdad es que ahora tendremos que crear el juego de verdad. Porque hasta ahora era...

—No lo digas —lo interrumpió su hermana.

Qué típico de Doran olvidarse de lo malo y seguir adelante como si no hubiera pasado nada.

Y también ella tenía que hacerlo. Aunque Alex había sido un amante tan magnífico que, en el futuro, siempre compararía a los demás con él.

La angustia que sintió al pensar eso hizo que se levantara. Tardaría mucho tiempo en olvidarse de él.

Pero lo haría.

Esa noche, Serina empezó a pergeñar una carta de agradecimiento para Alex. Cuando terminó, la metió en un sobre y le puso un sello. La echaría al correo al día siguiente y eso pondría fin a su relación.

Serina se dejó caer sobre una silla mientras abría la revista. Su primera columna sobre Nueva Zelanda.

Qué lejanas le parecían esas semanas ahora. Y qué tonta había sido, qué ingenua. Un par de meses después de volver a casa, aún seguía añorando a Alex. Había pensado que tal vez sería como su padre, pasando de un amante a otro sin dolor alguno.

Pero al final tuvo que aceptar que era como su madre, una mujer de un solo hombre, incapaz de romper el lazo con su amor y seguir adelante con su vida.

Seguía soñando con Alex, seguía abriendo el correo todos los días esperando una carta suya, seguía devorando las páginas económicas del periódico buscando alguna noticia sobre él...

Por supuesto, Alex no se había puesto en contacto con ella. Era un magnate muy ocupado, el presidente de un imperio económico y seguramente ya tendría otra amante, alguien mucho más desinhibido que ella, alguien que conocería las reglas y no se enamoraría de él.

Serina levantó una ceja al ver un artículo sobre Rassel, que parecía haber hecho una colección inspirada en el espacio sideral. Si pensaba que las mujeres iban a ponerse una ropa que ocultaba sus formas, estaba muy equivocado.

Sonriendo, buscó la página de su columna y, horrorizada, vio una fotografía del jardín de Haruru.

No podía ser, su editora sabía que esas fotografías no eran para publicar. Y no sólo eso, también daban el nombre de Alex.

¿Cómo podía haber ocurrido algo así?

Angustiada, llamó a su editora. Diez minutos de disculpas más tarde, Serina se dejaba caer sobre la silla, mirando la fotografía de nuevo.

–Muy bien –dijo en voz alta. Estaba harta de pensar en Alex y aquello le daba una oportunidad de volver a hablar con él.

Después de mirar el reloj hizo un rápido cálculo

mental sobre la diferencia horaria y se relajó. Si estaba en casa, estaría despierto.

Marcó el número con cierta aprensión, pero quien contestó fue Caroline, el ama de llaves, y le dijo que Alex estaba fuera del país en viaje de negocios.

–No sé cuándo volverá, lo siento. ¿Quiere que la llame cuando vuelva?

–Sí, gracias –dijo Serina.

Esa noche tuvo otra pesadilla. El silencio y la oscuridad la envolvían, ahogándola. Tras ella había una sombra y cuando se volvió para ver lo que llevaba tanto tiempo persiguiéndola...

Alex.

Lo llamó, frenética, intentando romper el capullo de silencio y, después de unos segundos, él abrió los labios para decir su nombre.

Y Serina lo oyó en todas las células de su ser.

Pero él se dio la vuelta para volver a ocultarse entre las sombras. Serina intentaba abrir los ojos, angustiada, el corazón roto de dolor.

Ahora entendía de qué había estado huyendo toda su vida: de sí misma. De la rígidas estructuras con que había sido educada, de la necesidad de tenerlo todo bajo control...

De su sexualidad.

Pero, sobre todo, estaba huyendo del amor.

La sorpresa hizo que despertase de golpe. Estaba sola en su dormitorio, temblando, con los ojos llenos de lágrimas.

Le dolía más de lo que podría haber imaginado.

Al fin entendía lo que había sentido su madre con cada infidelidad, cada traición de su marido.

Serina se puso una mano sobre los ojos, deseando poder reclamar su corazón, seguir adelante con su tranquila vida...

Pero estaba mintiéndose a sí misma. Costase lo que costase, amar a Alex merecía la pena. Con él había descubierto su sexualidad y había vivido algo desconocido para ella hasta entonces. Algo que poco a poco iría desapareciendo, pero que recordaría para siempre.

Despertó a la mañana siguiente con dolor de cabeza y el ruido de la calle le pareció insoportable. No dejaba de recordar Haruru, tan fresco y exuberante, tan verde. Recordaba el delicioso olor del mar, el sol tan brillante...

Sentía un anhelo que era casi físico, una pena en el corazón por aquel sitio y su propietario.

Después de comer intentaría dormir un rato, se dijo a sí misma. Y tal vez podría arreglar un poco el apartamento, así se mantendría ocupada.

Pero en ese momento sonó el timbre y tuvo que contener un suspiro.

Pero cuando abrió la puerta se encontró con Alex.

Alex, dominándolo todo con su presencia, sus ojos azules tan fríos como el invierno polar.

–Dios mío...

–¿No me esperabas? Invítame a entrar, Serina.

Ella dio un paso atrás, tan sorprendida que apenas podía formular palabra.

Alex ni siquiera se molestó en mirar alrededor, su mirada letal haciendo que sintiera escalofríos.

–No te esperaba –logró decir por fin–. Ayer vi la columna en la revista e intenté ponerme en contacto contigo, pero me dijeron que estabas de viaje...

Mientras hablaba no podía dejar de mirarlo, de comérselo con los ojos en realidad. Y entonces supo que nunca dejaría de amar a aquel hombre. Se llevaría ese amor a la tumba.

–¿Has llamado a mi editora?

–Sí, claro. Y me ha dado todo tipo de explicaciones, en varios idiomas.

No dijo nada más, pero por su tono estaba claro que no había creído la explicación.

–Lo siento mucho, de verdad. Fue una error enviar esas fotografías, pero dejé bien claro que no eran para publicar. No sé por qué lo han hecho y tampoco mi editora parece saberlo. Te aseguro que no lo ha hecho deliberadamente.

–Tú me prometiste que no serían publicadas.

–Ya, pero...

–Y han publicado mi nombre también.

–Lo sé –Serina hizo una mueca–. Lo siento mucho, en serio.

–¿Me has echado de menos? –preguntó él entonces.

Serina lo miró, perpleja.

–¿Qué?

–Me has oído perfectamente –dijo Alex, dando un paso adelante. Serina no podía moverse–. Porque yo sí te he echado de menos. Cada día, cada minuto, cada segundo... era como si me hubieran arrancado una parte esencial de mí mismo. Maldita sea, Serina, te he esperado durante un año y cuando por fin te tuve fue... pura alegría. Nunca había experimentado algo parecido y ahora me haces esto.

Incrédula, ella intentó procesar lo que estaba diciendo.

–Yo no te he hecho nada. Yo no miento y, si no puedes aceptar mi palabra... –entonces se dio cuenta de algo–. ¿Cómo que llevabas un año esperándome?

–He esperado que me vieras por mí mismo, no como el primo de Gerd, no como un amante temporal, sino al hombre que te...

No terminó la frase y Serina se quedó helada, incapaz de hablar, incapaz de formar un pensamiento siquiera. Todo su futuro dependía de aquella conversación y, sin embargo, se había quedado muda.

–Di algo –la urgió él entonces.

–¿Qué?

–Podrías decir que me has echado de menos.

Ella asintió con la cabeza porque no podía hacer nada más.

Riendo, Alex tomó su mano para besarla... y de repente todo estaba bien.

No, pensó, sus miedos y sus inhibiciones evaporándose cuando los labios de Alex buscaron los suyos, estaba mucho mejor que bien. Era maravilloso, increíble, perfecto.

Se derritió mientras la besaba, tan feliz que no oyó

que se abría la puerta tras ellos ni vio a Doran mirándolos, perplejo.

—Ah, muy bien. Será mejor que me marche.

Alex se apartó, fulminándolo con la mirada.

—Llegas en mal momento, Doran. Vete de aquí, anda.

Su hermano soltó una carcajada.

—Creo que será mejor que me quede y te pregunte cuáles son tus intenciones hacia mi hermana.

—¡Doran! —exclamó Serina.

—Pienso casarme con ella y hacerla muy feliz. ¿Alguna objeción?

—No, ninguna —respondió Doran alegremente—. Bueno, os dejo. Volveré esta noche, Serina.

Ella intentó apartarse de los brazos de Alex, pero él no se lo permitió.

—Será mejor que me lo pidas a mí, no a mi hermano.

—¿Para qué? Ya sé cuál es la respuesta.

—¿Qué?

—Vas a decirme que me vaya al infierno y luego vas a casarte conmigo y vas a quererme durante el resto de tu vida. Pero no tanto como yo a ti.

Serina no sabía qué decir. Oyó que la puerta se cerraba tras Doran y cuando levantó la mirada, en los ojos de Alex vio algo que no había visto hasta aquel momento: ternura, amor. Su corazón se volvió loco y sintió que sus ojos se empañaban.

—No —empezó a decir él, con tono angustiado—. No llores, cariño, por favor.

Pero Serina lloró hasta que por fin se calmó lo suficiente como para preguntar:

–¿Por qué has esperado tanto?

–Al principio decidí esperar un año tras la coronación de Gerd porque no sabía lo que sentías por mí –le confesó él, besando su pelo–. No sabía si lo querías o tenías interés en casarte con él...

–Nunca he querido casarme con Gerd. De hecho, se lo había dicho un mes antes de que empezara a salir con Rosie. Le dije que, aunque me caía muy bien, no estaba enamorada de él, de modo que la relación no podría ir a ningún sitio. Podrías haberle preguntado.

–Y lo hice –dijo Alex–. Gerd no quería hablar de su relación contigo, pero sí me dio a entender que no estabas interesada.

–¿Entonces...?

Alex se encogió de hombros.

–Me preguntaba si habrías pensado que Gerd no te quería lo suficiente y habrías roto con él por orgullo. Tenía mis dudas, así que decidí esperar un año.

Serina dejó escapar un suspiro de irritación.

–¡Un año! Yo me fijé en ti desde el principio, te lo aseguro. Gerd no fue el único que se enamoró en su baile de coronación.

–Podrías habérmelo hecho saber de alguna forma –sugirió Alex.

–¿Me habrías creído?

Él vaciló antes de admitir:

–No estoy acostumbrado a que la gente a la que quiero se quede a mi lado mucho tiempo. Mi madre murió, mi padre apenas estaba en casa... y no conocí a Rosie hasta que fuimos mayores. Supongo que en algún momento debí decidir que el amor significaba pasarlo mal y cuando te conocí... tuve miedo.

Ella lo abrazó con todas sus fuerzas.

—Lo sé, yo sentí lo mismo. Me daba pánico quererte. Pero no sirvió de nada, me enamoré de ti desde el primer día. Y te querré hasta el día que me muera.

—Mi querida Serina... —Alex buscó sus labios de nuevo, no con la intensa pasión de un minuto antes, sino con una ternura que llenó su corazón de felicidad—. Ojalá no hubiera esperado tanto para venir a verte —dijo luego—. No lo sé, quizá temía que tu amor se hubiera disipado con el tiempo. Y cuando vi la fotografía de mi jardín me agarré al enfado porque era mucho más seguro. No quería venir como un suplicante, pero eso es lo que soy.

—Y has venido —dijo ella.

—No podía estar más tiempo sin ti. Me sentía... vacío. Feliz porque sabía que tú me amabas y, sin embargo, más solo que nunca. Como si me faltase algo fundamental. Pensé que no tenía nada que ofrecerte más que a mí mismo y no me parecía suficiente.

—Es mucho más que suficiente, lo es todo —dijo Serina, incapaz de sonreír a pesar de sentirse más feliz que nunca—. Alex, te quiero tanto. Lo he pasado fatal estos meses...

—¿Habrías ido a buscarme?

Ella asintió con la cabeza.

—Había llamado por teléfono para pedirte disculpas por la fotografía de la revista, pero en realidad tenía que hablar contigo, no podía esperar más –esta vez consiguió sonreír, con tanto amor que a Alex se le encogió el corazón–. Iba a sugerir que nos reuniéramos para discutir la situación...

Se casaron en la casa de la playa, rodeados de sus familiares y amigos íntimos. Gracias a la influencia de Alex, la prensa no los había molestado e incluso había conseguido que los helicópteros no sobrevolasen la playa para hacer fotografías.

Mientras se vestía, con ayuda de Rosie, Serina se sentía tan feliz que tenía serias dificultades para contener las lágrimas.

–Oye, ya está bien, aparte de destrozarte el maquillaje, son los familiares los que lloran en una boda, no la novia –la regañó Rosie, abrazándola después pero con cuidado para no arrugar el vestido. Y luego dio un paso atrás para mirarla–. Estás... radiante. Y me alegro de que hayas decidido ponerte la tiara. Nora se va a llevar una alegría.

–Sí, es verdad –Serina sonrió, más contenta que nunca.

–Ha sido un detalle pedirle que llevase las arras. Está dando saltos de alegría.

–Alex insistió en reemplazar las piedras por auténticos diamantes, así que ahora es una corona de verdad.

–Ya me imagino –dijo Rosie, tan práctica como

siempre–. Es estupendo veros a los dos tan contentos. Cuando salgas con este vestido, Alex te mirará y pensará que es el hombre más feliz de la tierra. Bienvenida a la familia, Serina.

Hacía un día radiante también, con un cielo limpio, sin nubes, las olas acariciando suavemente la playa a unos metros de ellos. Doran, guapísimo con su esmoquin, la llevó del brazo y, unos minutos después, Alex y ella hacían las promesas del matrimonio.

Más tarde, cuando todos los invitados se habían marchado, hicieron el amor y después se abrazaron, hablando en voz baja.

–¿Por qué querías que pasáramos la noche de boda aquí? –le preguntó Alex.

–Porque es aquí donde te encontré. Y a mí misma –Serina suspiró, disimulando un bostezo–. Será maravilloso pasar la luna de miel en tu casa de Tahití, pero esta noche está siendo perfecta...

Estaba segura de que aquella felicidad no terminaría en unos años, como había creído. Sabía que otras emociones, más profundas, más intensas, se irían acumulando con el paso de los años, aumentando una felicidad que le parecía casi irreal.

Con Alex se sentía absolutamente segura, tan segura como él con ella. Y juntos podrían enfrentarse con todo, pensó.

Sonriendo, musitó su nombre antes de quedarse dormida, segura con la protección de su amor.

¡Un ama de llaves… convertida en la amante del famoso italiano!

Aunque Sarah Halliday es muy sencilla, su peligrosamente atractivo nuevo jefe, Lorenzo Cavalleri, no está contento con que se limite a limpiar los suelos de mármol de su *palazzo* de la Toscana…

Un perfecto maquillaje y los preciosos vestidos que perfilan su figura la hacen apta para acompañarlo a diversos actos sociales, pero en el fondo, Sarah sigue siendo la vergonzosa y retraída ama de llaves de Lorenzo… y no la sofisticada mujer que éste parece esperar en la cama.

*Al servicio
del italiano*

India Grey

¡YA EN TU PUNTO DE VENTA!

Acepte 2 de nuestras mejores novelas de amor GRATIS

¡Y reciba un regalo sorpresa!

Oferta especial de tiempo limitado

Rellene el cupón y envíelo a
Harlequin Reader Service®
3010 Walden Ave.
P.O. Box 1867
Buffalo, N.Y. 14240-1867

¡Sí! Por favor, envíenme 2 novelas de amor de Harlequin (1 Bianca® y 1 Deseo®) gratis, más el regalo sorpresa. Luego remítanme 4 novelas nuevas todos los meses, las cuales recibiré mucho antes de que aparezcan en librerías, y factúrenme al bajo precio de $3,24 cada una, más $0,25 por envío e impuesto de ventas, si corresponde*. Este es el precio total, y es un ahorro de casi el 20% sobre el precio de portada. !Una oferta excelente! Entiendo que el hecho de aceptar estos libros y el regalo no me obliga en forma alguna a la compra de libros adicionales. Y también que puedo devolver cualquier envío y cancelar en cualquier momento. Aún si decido no comprar ningún otro libro de Harlequin, los 2 libros gratis y el regalo sorpresa son míos para siempre.

416 LBN DU7N

Nombre y apellido	(Por favor, letra de molde)

Dirección	Apartamento No.

Ciudad	Estado	Zona postal

Esta oferta se limita a un pedido por hogar y no está disponible para los subscriptores actuales de Deseo® y Bianca®.
*Los términos y precios quedan sujetos a cambios sin aviso previo.
Impuestos de ventas aplican en N.Y.

SPN-03   ©2003 Harlequin Enterprises Limited

Antiguos secretos

KATHERINE GARBERA

Henry Devonshire era el hijo ilegítimo de Malcolm Devonshire, dueño de Everest Records. Henry era un hombre irresistible, cuyo objetivo consistía en convertirse en el heredero del imperio de su padre moribundo. La única persona que podía ayudarle a conseguirlo era Astrid Taylor, su encantadora asistente personal; sin embargo, no contaba con la atracción que experimentaría hacia ella y que podía costarle a Henry, literalmente, una fortuna.

¿Sería acertado mezclar los negocios con el placer?

¡YA EN TU PUNTO DE VENTA!

Iba a ser sólo por una noche… pero a él no le bastó

En teoría, Ellery Dunant era la última mujer que uno esperaría encontrar en la lista de amantes del mundialmente famoso playboy Leonardo de Luca. Esa clase de hombres no era nueva para ella y sabía que no había la más mínima posibilidad de que un hombre como él estuviera interesado en una mujer tan sencilla como ella…

Entonces, ¿por qué se descubrió Leonardo bajando la guardia para acostarse con ella?

La perdición de un seductor

Kate Hewitt

¡YA EN TU PUNTO DE VENTA!